천 번의 환생 끝에 13

요람 장편소설

초판 1쇄 찍은 날 § 2018년 7월 27일
초판 1쇄 펴낸 날 § 2018년 8월 3일

지은이 § 요람
펴낸이 § 서경석

총괄팀장 § 최하나
편집책임 § 김슬기
디자인 § 신현아

펴낸곳 § 도서출판 청어람
등록번호 § 제387-1999-000006호
등록일자 § 1999. 5. 31
어람번호 § 제1-2941호

주소 § 경기도 부천시 원미구 부일로 483번길 40 서경B/D 3F (우) 14640
전화 § 032-656-4452 팩스 § 032-656-4453
http://www.chungeoram.com
E-mail § chungeorambook@daum.net

© 요람, 2017

ISBN 979-11-04-91800-1 04810
ISBN 979-11-04-91433-1 (세트)

요람 장편소설

FUSION
FANTASTIC
STORY

13

천 번의
환생 끝에

청어람

천 번의
환생 끝에

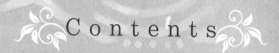

Contents

Chapter89
예견된 후회

6월.

여름이 다가왔다.

햇볕이 쨍쨍하다 못해 따가울 정도로 날이 무더워졌다.

지영의 하루 일과는 여전히 변함이 없었다. 사무실로 출근해서 대본을 읽고, 저녁이 되면 지인들을 만나서 시간을 보냈다. 반대로 은재는 매우 바빴다. 학교 공사가 거의 끝나갔고, 안에 필요한 물품들을 넣기 시작했다.

수도, 전기 공사까지 전부 끝나자 큰 물류 창고만 덩그러니 있던 곳이 몰라보게 변했다. 친환경 소재를 사용해 아이들의 건강에도 좋았다. 언론에서도 슬슬 은재에 대한 얘기가 다시 솔솔 나오기 시작했다.

작품 하나로 초대박을 터뜨렸고, 엄청난 돈을 벌지만 그걸 다시 불우한 아이들에게 쓴다는 기사가 나가자 이미지가 급상승했다. 손가락질 하던 사람들이 급속도로 줄어드는 기적이 펼쳐진 것이다.

물론, 기사는 김은채의 작품이었다.

어차피 언론에서 냄새를 맡고 달려들 거, 아예 대대적인 이미지 쇄신을 위해 직접 발로 뛰면서 기자들을 만나, 굽고 삶아 자신의 입맛에 딱 맞는 기사만 골라 내보냈다. 물론 있는 그대로 내보내도 문제는 없었다.

많은 돈을 벌고, 그 돈으로 불우한 아이들을 가르치겠다는 것 자체가 사실이었기 때문이었다.

그렇게 은재는 다시 대중의 주목을 받았고, 덩달아 지영의 기사도 많이 나가기 시작했다. 왕야 숙의 촬영이 끝났다는 소식이 영화를 다루는 프로그램을 통해 알려졌고, 얼른 개봉하길 바라는 팬들의 아우성이 들렸다.

화제의 중심.

인터넷 검색 사이트의 기사 순위를 강지영, 유은재 두 사람이 모조리 점령하는 기염까지 토했다. 그렇지만 두 사람은 그냥 덤덤했다. 애초에 기사를 읽는 성격도 아니었기 때문에 주변에서 알려주지 않는 이상 그런 일이 벌어지고 있다는 것도 잘 몰랐다. 운동, 대본, 지인과 시간 보내기. 이 루틴은 자신의 얘기로 그렇게 인터넷이 시끄러운데도 여전히 깨지지 않았다. 지영은 오늘도 지인을 만나서 가볍게 술자리를 즐기고 있었다. 멤버는 항상 고정인, 김은채와 송지원이었다.

개교 준비로 한창 바쁘면서도 술자리는 귀신같이 나오는 김은채는 벌써 얼굴이 불콰해진 상태였다.

"넌 그렇게 마시면 다음 날 안 힘들어?"

송지원의 물음에 김은채는 씩 웃었다.

"그냥 괜찮던데요?"

"그래? 신기하네. 난 많이 마시면 다음 날 힘든데."

솔직히 말해 주량은 김은채가 훨씬 셌다. 송지원도 한 술 하지만 김은채는 그냥 급이 달랐다. 독한 보드카를 소주처럼 마신다고 보면 될 정도였다.

"체질인가 보죠, 뭐. 근데 언니."

"응?"

"언니는 작품 이제 안 해요?"

"작품? 해야지. 해야 되는데……."

송지원은 쓴 웃음을 지었다.

괜찮다고는 하지만 아직까지도 송지원은 그날 일을 잊지 못했다. 납치당하는 연기야 질리게 했지만 실제로 납치되는 것과는 당연히 완전히 달랐다. 정신적 트라우마가 강하게 박혀 있었고, 지금도 술을 마시지 않으면 잠을 못 잘 정도였다.

몇 번을 물어도 본인은 괜찮다고 하지만, 송지원은 여전히 정신이 아픈 상태였다.

"누나."

"응?"

"치료받고 있죠?"

"그럼, 받고 있지. 걱정 마. 치료는 꼬박꼬박 받으니까."

싱긋 웃으며 그렇게 대답했지만 지영은 오히려 한숨을 내쉬었다. 너무 미안했다. 술을 마시다가도 가끔씩 눈매를 찡그리며 생각에 빠지는 모습을 볼 때면 가슴 한편이 아려왔다. 다른 사람도 아니고 자신 때문에 너무나 큰일을 당했다. 그런데도 이렇게 잘 대해주니, 더더욱 미안했다.

그런 마음에 지영이 한숨을 내쉬니 송지원이 다가와 주먹으로 이마를 콩 쳤다.

"니 책임 아냐. 그 새끼가 나쁜 놈이지."

"그래도요."

"그리고 니가 나 구해줬잖아. 책임지고. 그것만 해도 고마워. 나 너한테 엄청 감사하고 있어. 그리고 내가 정말 좋은 동생을 뒀구나. 이런 마음에 뿌듯하기도 하고."

"네네, 알았어요."

"그러니까 정말 나한테 미안해하지마. 지금이야 좀 힘들지만, 나중에 자연히 좋아질 거니까. 이 누나가 멘탈이 좀 단단하잖니?"

글쎄…….

그렇게 단단한 것 같진 않지만 더 이상 걱정하는 모습을 보이기도 애매했다.

"자자, 마셔! 짠!"

떵.

잔이 내는 맑고 고운 소리.

지영은 하루 빨리 송지원이 괜찮아졌으면 하는, 그런 미안한 마음을 숨기며 잔을 입에다 댔다.

"맞다, 너 내일 갈 거지?"

"어디, 학교?"

"응."

"가야지."

건물은 다 지었고, 시설물도 거의 다 들어왔다. 기사가 나가고 은재가 좋은 일한다는 걸 안 사람들이 이런 저런 물품을 선물로 보내줘 생각보다 훨씬 더 빨리 개교 준비가 끝나갔다. 그리고 내일은 열기 전 최종 점검을 하는 날이었다. 그래서 은재는 이미 유선정과 함께 학교에 가 있었다.

"은재는 참 대단해. 그 나이에 벌써 이사장까지 하고."

"뭐……. 저도 그렇게 생각해요."

"근데 잘 유지될까?"

"일단 시작은 적당히 한다고 하니까요. 경영은 전문가가 맡을 거고."

은재는 솔직히 말해 경영에 대해서는 좀 무지한 편이었다. 그런데도 그 꿈이 현실화가 된 건 솔직히 말해 눈앞에 있는 김은채 덕분이었다. 그녀가 동생을 위해 발 벗고 나서서 움직여 준 덕분에 재단이 현실화될 수 있었다. 경영 또한 마찬가지였다. 은재의 본업은 소설가다. 그래서 그녀는 보고는 받지만, 경영에 직접 나서진 않을 예정이었다.

"사람들은 어때? 믿을 만한 사람이야?"

"은채가 직접 고른 사람들이니 괜찮겠죠?"

"그래? 다행이네."

송지원은 은재를 지영만큼 아꼈다.

그래서 그녀가 하는 일을 대견해하면서도, 걱정하고 있었다.

"슬슬 가야겠다."

김은채가 마지막 남은 술을 들이키고는 자리에서 일어났다. 지영도 시간을 힐끔 봤다가, 같이 따라 일어났다.

"벌써 가려고?"

반면 송지원은 아직 아쉬운 표정이었지만 내일 은재한테 가려면 여기까지 마시는 게 딱 좋았다.

"다음에 또 마시면 되죠, 언니."

"그래도… 아직 열두 시도 안 됐는데!"

"에이, 이 언니가 오늘따라 왜 이러실까? 다음에 저랑 죽을 때까지 마셔봐요. 후후."

"약속이다?"

"넵!"

그렇게 송지원을 달랜 뒤 밖으로 나온 지영은 김은채의 차로 향했다. 그녀의 비서가 아직까지 기다리고 있는 걸 보고 좀 놀랐지만, 그러려니 했다. 이렇게 늦은 시간까지 대기시키는 게 사실 사회적으로 욕을 먹어도 할 말이 없는 짓이긴 하지만, 반대로 엄청난 수당을 준다고 했고, 비서도 만족하고 있다는 말을 들었다.

즉, 야근은 본인의 선택이었단 소리였다.

"간다."

"가라."

지영은 그녀를 보내고 천천히 밤길을 걷기 시작했다. 집까지는 걸어서 20분 정도 밖에 안 걸려 술도 깰 겸 느긋하게 걸었다. 그래도 밤이 되자 좀 선선해서 걷기에는 딱 좋은 날씨였다. 게다가 가로등도 많아 어둡지도 않았다. 그렇게 밤길을 걸어 집에 도착한 지영은 은재에게 메시지를 보내고, 바로 씻고 잠에 들었다.

*   *   *

　"이야……."

　다음 날 아침 일찍 움직여 학교에 도착한 지영은 예전과는 완전히 달라진 공간을 보면서 감탄을 흘렸다.

　"죽이지?"

　"그러게, 죽이네. 이런 곳이면 공부 할 맛 나겠다."

　오늘도 올 블랙으로 온몸을 돌돌 감은 김은채의 말에 지영은 순순히 고개를 끄덕였다. 아닌 게 아니라 정말 외관을 예술적으로 꾸며났다. 관리비가 좀 깨지긴 하겠지만 그거야 전문가들이 알아서 해결해 줄 문제였다.

　"돈 좀 들을 줄 알았는데, 이곳저곳에서 도움 주는 사람들이 꽤 있어서 거의 공짜로 했지. 덕분에 돈은 관리비 빼면 거의 안 나갔어."

　"……."

　지영은 이곳저곳을 둘러보며 고개를 끄덕였다.

　그냥 보면 무슨 공원에 온 것 같은 기분이 들 것 같았다. 쉼터, 잔디가 깔린 축구장에 놀이 시설, 공간을 쓰는 방법을 아는 유명한 진문기가 설계했으니 지영이 이렇게 감탄하는 것도 무리는 아니었다.

"지영아!"

그 길을 따라 은재가 손을 흔들며 다가왔다. 은재의 표정은 정말 밝았다. 자신의 꿈이 곧 있으면 실현된다는 것 때문에 잔뜩 흥분한 상태이기도 했다.

"잘 잤어?"

"응! 흐흐! 여기 잠도 되게 잘 오던데? 기숙사가 정말 예뻐! 가볼래?"

"그럴까?"

"응! 흐흐!"

특유의 흐흐 웃음에 지영은 저도 모르게 웃었다.

"이것이, 넌 언니는 보이지도 않지?"

"흐흐, 언니 안녕?"

"안녕 못 하거든?"

"에이, 언니 왜 그래. 흐흐."

은재가 얼른 휠체어를 굴려 허리를 안자 피식 웃은 김은채는 은재의 머리를 쓰다듬었다. 요즘은 자주 보는 광경인데도 지영은 이런 모습이 이상하게 낯설었다. 표독스럽기 그지없던 김은채의 모습이 진하게 기억에 남은 탓이었다.

김은채가 휠체어를 밀고, 먼저 움직였다. 지영은 느긋하게 뒤를 따라 움직였다. 기숙사는 당연하다면 당연하겠지만 남녀 기숙사가 따로 나눠서 지어져 있었다. 하얀색 외관에 3층 구조의 건물이었다.

크기를 보니 적어도 한 채에 육칠십 명은 잘 수 있을 것 같았다. 지영은 안으로 두 사람을 따라 들어갔다. 방끼리 촘촘하게 붙어 있긴 하지만, 그래도 4인실의 깔끔한 숙소였다. 그렇게 숙소를 시작으로 학교를 구경하다 보니 전문가들이 와서 최종 점검을 시작했다.

"내가 가볼 테니까 두 사람은 얘기하고 있어."

"응!"

김은채가 은재를 맡기고 점검에 동참했고, 지영은 휠체어를 밀어 가까운 벤치로 갔다. 은재를 안아 벤치에 내려놓고, 지영도 그 옆에 앉았다.

"어제도 지원 언니 만났어?"

"응, 저녁에 보자고 해서 만나서 술 한잔했지."

"또 술?"

"요즘 누나가 계속 찾더라고 술을."

"아… 아직도 아프대?"

"그런 것 같아."

은재의 얼굴에 바로 수심이 들었다. 외출도 거의 안 했고, 은재도 요 근래 학교 문제로 바빠 두 사람은 얼굴을 거의 못 봤다.

"어떡해……."

울상이 된 은재를 지영은 가만히 안아줬다.

정신적인 트라우마는 쉽게 해결할 수 있는 방법이 없었다. 게다가 약물은 배제한 치료 중이라 회복 속도가 확실히 더뎠고, 그래서 자꾸 술에 의지하고 있어 지영도 걱정이 이만저만이 아니었다.

하지만 본인이 계속 괜찮다고 하는 중이라 현재 지영이 해줄 수 있는 건 같이 있어주는 것밖에 없었다. 그러나 이것도 한계가 있었다.

"잘 이겨낼 거야. 누나 강한 사람이잖아."

"그래도… 힝. 오늘 저녁에 올라가면 바로 언니 보러 가자!"

"그래, 그러자."

안 그래도 지영도 그런 생각을 하고 있었다.

고개를 끄덕이던 지영은 우웅, 우웅 울리는 소리에 은재를 안았던 손을 풀고 바로 폰을 꺼냈다.

발신자를 보니 정순철 팀장이었다.

지영은 인상을 찡그렸다.

그가 이렇게 연락할 때는 분명 무슨 문제가 있다는 뜻이었기 때문이었다.

"네, 강지영입니다."

─지영 씨, 지금 인터넷 좀 확인해 주세요.

"무슨 일 있나요?"

―후우… 사고가 터졌습니다.

"……."

사고라.

예상했기 때문에 그렇게 놀랍지는 않았다.

"알겠습니다."

전화를 끊은 지영은 바로 폰으로 인터넷에 접속해 기사란을 확인했다. 그리곤 저도 모르게, 입술을 질끈 깨물었다. 기사 상단부터 도배되어 있는, 충격 보도! 라는 타이틀로 시작된 기사들 중 아무거나 클릭하자 아주 익숙한 얼굴이 나왔다.

이성준.

수척한 얼굴이지만 분명 이성준이었다.

그가 기자들을 불러 모아 독기가 철철 흘러넘치는 눈빛으로 인터뷰를 하고 있었고, 그 인터뷰에는 아주 당연히… 지영에 대한 얘기가 들어 있었다. 지영의 과거, 자신과 지영의 관계, 이전에 있었던 사고, 지영의… 지난 4년간의 행적까지, 전부 낱낱이 들어 있었다.

"지영아……."

같이 보던 은재가 놀란 눈으로 지영을 봤고, 지영은 괜찮다며 고개를 끄덕여줬다. 이럴 줄 알았다. 그놈이 중동으로 안 날아갔을 때부터, 솔직히 이런 일이 벌어질 것을 예감은 하고 있었다.

그렇기 때문에 분노는… 차디찼다.

열변을 토하는 이성준을 보면서 지영은 생각했다.

'역시 넌…….'

그냥 죽였어야 했구나?

그때 살려둔 걸 지영은 슬슬 후회하기 시작했다.

언젠가 사고를 치고도 남을 인간이라는 걸 분명히 알았음에도 그걸 받아들일 수밖에 없는 상황이었지만, 그래도 좀 더 단호하게 손을 썼어야 했었다.

"이 사람이 지원 언니 납치한 그 사람이지?"

은재의 물음에 지영은 고개를 끄덕였다.

"나쁜 사람이네, 진짜!"

은재가 결국 짜증을 벌컥 냈다.

씩씩거리는 게 가능만 하다면 당장 달려가서 멱살이라도 잡을 것 같은 기세였다. 하지만 반대로 지영은 차분함을 유지했다. 성질을 부려봐야 이미 인터뷰까지 끝난 이 상황을 되돌린 순 없었다. 그러니 해결 방안을 생각해야 할 때였다. 그런데 당장 생각나는 방법은 없었다. 게다가 아직 여론이 어떻게 움직일지도 미지수였다.

"지영아, 먼저 서울 가."

"아냐, 그렇게 급하게 움직이지 않아도 돼."

"그래도 사무실 가서 대책도 세워야 되잖아. 그러지 말고 올라가. 나는 여기 다 확인하고 은채 언니랑 같이 올라갈게."

"음… 그럼 그럴게."

"자! 얼른 올라가서 그 나쁜 놈 확 때려잡아 줘!"

피식.

작은 두 손으로 파이팅 포즈를 취하며 힘내라고 하는 은재를 보며 지영은 작게 웃고는 자리에서 일어났다.

"알았어. 확실하게 때려잡아 줄게. 그럼 간다?"

"응! 흐흐."

은재에게 인사를 한 지영은 차로 향했다. 오늘은 따로 같이 온 사람이 없었다. 지영이 차로 오자 대기하던 정순철 팀장이 바로 다가왔다.

"지영 씨. 확인했습니까?"

"네, 이 기사 언제 올라온 건가요?"

"오늘 아침에 라이브로 진행된 인터뷰입니다."

인터뷰 형식으로 진행됐지만 실상은 그냥 폭로였다. 지영은 습관적으로 담배를 꺼내 입에 물었다. 은재 앞에서는 참았지만, 솔직히 말해 짜증은 제대로 올라온 상태였다.

치익.

"후우……."

"이 새끼 지금 어디 있는지 아나요?"

"지영 씨. 마음은 알지만… 그렇게 일 처리를 하면 안 될 것 같습니다."

"제가 못 찾을 것 같아요?"

"하아, 지영 씨."

피식.

"농담입니다. 뭐… 저랬다고 제가 저놈을 죽일 순 없잖아요."

그건 너무 손해지…….

지영 본인에게도, 이성준 그놈에게도.

"일단 서울로 갈게요."

"네."

지영은 그렇게 말하고 차에 올라타 시동을 걸었다.

지잉, 지잉.

옆 좌석이 던져놓은 폰을 보니 송지원이었다.

지영은 잠시 고민하다가 전화를 받았다.

"네."

―이 개새끼! 지영아, 이 개새끼가!

"누나, 진정해요."

―어떻게 진정해! 이 새끼가 무슨 말했는지 알아? 어?

"저도 확인했어요. 지금 서울 올라가는 길이에요."

―흑! 이 나쁜 새끼……. 그때 죽여 버리지 그랬어!

"……"

송지원의 악에 지영은 말문이 턱 막혔다.

분노.

지영은 아주 순수한 분노를 느꼈다. 심지어 그냥 화가 나서
하는 말이 아니라, 정말 죽었으면 하는 것 같았다. 그 착한 송
지원이 이럴 정도면… 진짜 화가 장난 아니게 난 상태라는 뜻
이었다.

"누나! 진정!"

―……

화를 참는지 거친 숨소리가 들려왔지만 그래도 지영이 세
게 말해서 어느 정도 이성을 찾은 것 같았다.

"누나, 심호흡하고, 진정해요. 일단은. 올라가서 연락할 테니
까 사무실로 와요."

―…알았어.

뚝.

전화가 끊기자 지영은 하아… 길게 한숨을 내쉬었다. 송지
원의 화난 표정을 보자 짜증이 더 올라왔다. 이성준 그 인간
은 송지원에게 역린이나 다름없었다. 그녀를 아프게 만든 주
범이고, 이 모든 일의 원흉이었다.

안 그래도 요즘 불안한 모습을 보여 걱정하고 있었는데, 이
렇게 또 기어 나와 폭탄을 터뜨렸다. 그것도 아주 거대한 폭

탄이었다. 지영에 대해 조사한 것 전부를 터뜨렸으니 말이다. 그러니 화가 안 날수가 없는 상황이었다.

"후우……."

심호흡으로 일단 화를 진정시킨 지영은 시동을 걸고 차를 출발시켰다.

*　　　　　*　　　　　*

사무실에 도착한 지영은 몰려드는 전화에 정신을 놓은 직원들을 보곤 다시 한숨을 내쉬었다.

"아니요! 그게 아니라니까요! 장 기자님! 저 못 믿어요? 근데 그걸 그대로 기사로 내면 어떻게요! 최소한 저한테 확인은 했어야지! 네? 알 권리? 증거? 그게 다 조작된 거라면요! 아아, 아니라니까요!"

"말이 돼요, 그게? 안 그래도 아픈 시간 겪은 지영인데 꼭 그때 일을 끄집어냈어야 했어요? 그게 상처에 소금 뿌리는 거랑 뭐가 달라요! 이 기자님 그렇게 안 봤는데 진짜 실망이에요. 앞으로 저한테 아무것도 바라지 마세요, 아셨죠?"

전쟁이었다.

지영은 한정연과 이성은이 이렇게까지 짜증을 내는 것도 처음 봤다.

"누나, 전화선 하나 빼고 뽑아버려요."

"어, 알았어."

숙 마신 사람처럼 얼굴이 잔뜩 붉어진 한정연이 돌아다니면서 코드를 전부 뽑아버렸다. 지영은 소파에 앉아 태블릿 PC로 지금까지 올라온 기사를 하나씩 확인하기 시작했다. 가관도 아니었다, 진짜.

모처럼 올라온 월척을 퍼다 나르는 기사는 양반이었다. 이성준이 말한 내용을 토대로 아예 새롭게 판을 짜거나, 소설을 쓰는 기자들도 있었다. 그런데 문제는 그런 저급한 기사에도 댓글이 무시무시하게 달리고 있는 중이었다.

범죄자 아니냐며 지영을 비방하면 그 아래로 지영의 팬덤이 움직여 아예 묵사발을 내놓고 있었다.

그리고 거기에 기분이 나빠진 지영의 팬 아닌 사람들이 참전했고, 곧바로 엄청난 설전이 오고갔다.

커뮤니티 쪽도 마찬가지였다.

벌써 이성준의 인터뷰를 잘라 자막을 입혀 올린 게시 글이 인기 글이 되었을 정도였다.

난리도, 아주 난리도 아니었다.

지영은 이성준의 인터뷰를 다시 틀었다.

진짜 조사를 깊게 했는지 지영이 4년간 사막을 돌며 벌였던 복수를 꽤나 상세하게 말하고 있었다.

아주 제대로 작정했다.

아마 돈을 어마어마하게 들여 정보 조직에게 의뢰를 맡겼을 것이다.

지잉, 지잉.

여태 조용하던 지영의 폰이 다시 울었다.

"네, 아버지."

—회사냐?

"네."

—어떡할 생각이냐.

"글쎄요. 아직 생각 중이에요."

—그래, 알았다. 집에 일찍 들어와라. 할 얘기가 있으니.

"네."

강상만이 이렇게까지 말하는 건 처음이라 지영은 순순히 들어가겠다고 답했다.

지끈, 지끈.

안 아프던 골까지 아프기 시작했다.

이는 지영이 지금 이 일을 심각하게 의식하고 있다는 뜻이었다.

"어떻게 할까? 자문받아서 고소 준비 할까?"

"증거를 하도 많이 준비해서 허위 사실로 고소는 힘들 거예요."

"……."

지영은 순순히 인정했다. 저 말이 전부 사실은 아니어도, 일정 부분은 사실이라는 것을 말이다. 그렇게 말하지 않으면 이쪽에서도 대처 방안을 세우기가 어려웠다. 힐끗, 지영의 말에 직원들이 바라보는 소리가 들렸지만 지영은 그냥 무시했다.

지잉, 지잉.

또 전화가 왔다.

이번엔 받고 싶지 않은 번호였다.

장훈.

오성그룹 회장의 비서실장의 전화에 지영은 잠시 고민하다가 받기로 했다.

'어디, 어떤 얘기를 하는지 들어나 보자.'

그런 생각에 통화 버튼을 눌렀다.

"네, 강지영입니다."

―저 장훈입니다. 후! 지금 사무실로 가고 있습니다!

"글쎄요… 우리가 만나서 지금 할 말이 있나요?"

―둘째 도련님이 독단적으로 저지른 짓입니다. 회장님도 지금 대노하시고 난리도 아닙니다!

피식.

독단적이라…….

그럴 수도 있었다.

이성준이 지영에게 가지는 분노, 그 공포를 이겨냈다면 무슨 짓이든 혼자서 할 수 있을 테니 말이다. 하지만 지영은 지금 저 말을 들어도 별로 믿고 싶지가 않았다.

─10분이면 도착합니다!

"…네. 일단 오세요."

전화를 끊은 지영은 잠시 직원들을 보다가 한정연을 불렀다.

"누나."

"응?"

"오늘은 다들 퇴근하세요. 좀 불편한 사람을 지금부터 봐야 할 것 같아서요."

"그래, 알았어."

한정연이 뒤돌아서 눈치를 주자 주섬주섬 짐을 챙긴 직원들이 전부 퇴근했다. 지영은 그녀들이 다 떠나자 다시 담배 하나를 꺼내 입에 물었다. 아직도 속이 부글부글 끓고 있었다. 이성준이 앞에 있었다면 목을 비틀고도 남을 정도였다.

담배를 하나 다 태우고 나자 장훈이 옷도 제대로 정리 못한 모습으로 안으로 들어왔다.

"후우, 후우……."

"앉으세요."

서로 인사는 생략했다.

"후우… 정말 미안합니다. 이번 일은 저희 오성과는 무관합니다. 정말 이 부분은 꼭 믿어주십시오."

"그걸 믿어서 제게 남는 게 뭐죠? 전 이미 살인자라는 타이틀이 붙었는데?"

"그건 저희가 어떻게든 수습해 보겠습니다."

"이제 와서?"

"최선을 다하겠습니다."

피식.

미치겠다, 진짜.

사고가 터진 다음 수습해 봐야 어차피 늦다. 그 사고로 누군가는 이미 다친 뒤였기 때문이다. 지금이 딱 그랬다. 이미 지영은 충분히 다친 뒤였다. 아직 아침 시간이라 뉴스 같은 곳엔 나오지 않지만 이미 퍼질 만큼 퍼져서 손을 쓰기도 늦었다. 공권력의 행사? 언론 탄압이라고 즉각 철퇴를 맞을 짓이다. 즉, 지금으로써는 지영이 나서서 해명 정도밖에 할 수 있는 게 없었다.

그러니 저 따위 사과를 듣는다고 해도, 기분이 전혀 풀리지 않았다.

"근데 조금 의외네요? 오성이 먼저 나서서 사과를 다 하고. 그렇게 콧대 높고, 저한테 그리 좋은 감정을 가진 곳도 아닌데. 은채랑 많이 싸우기도 했고."

"오성일가 둘째 도련님이 대낮에 여배우를 납치하려고 했던 사실이 알려지면… 오성은 기둥뿌리가 흔들립니다. 회장님은 그 부분을 확실하게 알고 계십니다."

"흠……."

그렇긴 했다.

다른 사람도 아니고 전 세계에 이름을 알린 여배우 송지원을 납치했다. 그것도 강압적인 정도가 아니라 홍콩 마피아를 동원해서 말이다. 이건 완전히 미친 짓이었다. 범죄 조직을 이용한 정도에서 끝날 일이 아니었다.

"터지면 무조건 대형 스캔들이 되겠죠. 물론 증거도 있고… 자백도 받아냈고, 나한테도 칼이 있는데 왜 안 휘두르는지 알아요?"

"그건 잘……."

"똑같은 새끼가 되고 싶지 않아서 그래요. 어차피 내가 없던 오 년간의 종적은 알아냈다고 해도 증거가 확실치 않으니 대중이 믿어줄지 안 믿어줄지도 판단이 안 되는 상태고……. 그래서 지켜보는 거예요."

"……."

"내가 가진 칼을 진짜 같이 휘둘러 가면서, 진흙탕 개싸움을 또 할지 말지, 아직 판단이 안 선 상태란 소립니다. 아시겠어요, 장훈 씨?"

장훈은 아무런 말도 하지 못했다.

실제로 지영은 지금 고민 중이었다.

이걸 터뜨리면, 혼자 죽는 정도로 끝나는 게 아니다. 재벌가 폭행 사건? 그런 건 스캔들 축에도 못 끼는 폭탄이 그냥 터지는 거다. 아직 송지원 납치 사건은 완전히 수사가 끝난 상태도 아니었다.

입만 열면, 경, 검찰의 칼날이 오성가를 향해 날아갈 것이고, 작정하고 오성가를 갈가리 해체하기 시작할 것이다. 그리고 대중의 신뢰도가 급하락하고 나면, 브랜드 가치 자체가 뚝 떨어진다.

불매운동 정도가 아니라 영업정지 처분도 내려올 가능성이 아주 다분했다. 그래서 오성그룹 회장이 장훈을 아침부터 급히 보내 지영을 지금 설득하고 있는 중이었다.

"담배 한 대 태워도 되겠습니까?"

"그러세요. 저도 짜증 나서 마침 피려던 참이니까."

치익.

"후우……"

나란히 올라가는 연기가 지금 두 사람의 심정을 완벽하게 대변해 주고 있었다. 담배를 태우는 동안은 서로 말이 없었다. 몇 분여에 걸쳐 담배를 하나 피우고, 또 하나를 농시에 불었다. 몸에 더럽게 해로운 게 담배인데도, 이런 일이 계속해서 아귀처럼 달라붙으니 도저히 끊을 수가 없었다.

그렇게 두 개째를 막 반쯤 태웠을 때, 지영과 장훈의 폰이 거의 동시에 울리기 시작했다. 서로 힐끔 확인하곤 전화를 받았다.

"네, 강지영입니다."

─지영아! 지원 언니 지금 기자회견하고 있대!

"네?"

정신이 번쩍!

일 났다.

대형 사고. 아니, 대형 스캔들이 보관되어 있던 화약고에 불이 붙었다.

아주 화끈하게.

지영은 급히 폰을 꺼내 송지원에게 전화를 걸었다.

뚜르르, 뚜르르, 단조로운 통화음만 계속 울릴 뿐, 그녀의 목소리는 들려오지 않았다. 지영은 급히 움직여 TV를 틀었다. 여러 채널을 돌려봤지만 아직 그녀의 기자회견이 시작된 곳은 없었다.

"미치겠네⋯⋯."

지영은 한숨과 함께 다시 한정연에게 전화를 걸었다.

뚜르르, 뚜, 뚝!

—웅!

"누나! 지원 누나 기자회견 어디서 해요?"

—인터넷!

"인터넷이요?"

—웅! 왜 동영상 채널 있지? 그걸로 한다고 했어!

"아……. 네, 알았어요."

전화를 끊은 지영은 장훈을 힐끔 봤다.

그의 표정은 마치 나라를 잃은 사람처럼 일그러져 있었다. 당연한 일이었다. 그가 이룩했던 모든 게 지금 하루아침에 모래성처럼 무너질 위기에 처해 있었다. 송지원 납치 사건. 이는 단순한 사건이 아니었다.

알 만한 사람은 대략적으로는 다 알고, 당사자들이 입을 닫고 있으니 쉬쉬 하고 있지만 이게 제대로 불이 붙으면 오성은 정말 화끈하게 타오를 것이다. 경, 검의 칼날이 오성을 향하는 것은 물론, 국세청 등도 가만히 있지 않을 것이다.

제국의 몰락.

언론도 저 주제로 끝까지 물고 늘어질 것이다. 오성에게 우호적인 언론도 있지만 반대로 오성의 라이벌이라 할 수 있는 중원제국, 대성제국의 언론은 오성의 몰락을 기도하는 기사를 끊임없이 쏟아낼 것이다. 거대한 탑도 바닥을 지탱하는 돌 하나를 빼버리면 결국엔 와르르 무너진다.

그리고 가장 중요한… 국민의 신임을 잃게 될 것이다.

오성 제품이 아무리 좋아도, 아무리 싸게 내놓아도 사람들은 다른 제품을 살 것이다. 재벌가의 행패? 이건 그 정도 건이 아니었기 때문이다. 단순한 갑질도 아니고, 사람을 납치한 일이다. 그것도 국민적, 세계적 스타인 송지원을 말이다.

그런 일을 지영이 자신에게 모욕을 줬다는 이유로, 지영을 굴복시키기 위해 벌였다는 게 알려지면 진짜 답이 안 나올 것이다.

오성 제국을 이끄는 소수에게는 심장에 아예 직격탄이 터지는 것이나 다름없었다.

그러니 장훈이 저런 표정인 것이다.

최소, 거기까지 유추했으니 말이다.

하지만… 이게 오성에만 문제가 되는 게 아니었다.

이성준은 딱 몇 개만 빼고 전부 오픈했다.

거기서 빠진 몇 개는 지영이 '그날' 했던 일들이었다. 지영은 이성준이 그걸 왜 말하지 않았는지 잘 알고 있었다.

협상 카드.

패 하나를 쥐고 있고 싶은 마음에서 나온 전략일 것이다. 이성준은 아마 이를 갈면서 지영이 자신을 찾아오길 기다리고 있을 것이다.

그런데, 그런 와중에… 송지원이 나섰다.

그녀는 아마 자신의 납치 사건을 지시한 게 이성준이라고, 그대로 밝혀 버릴 것이다. 그렇게 되면?

이성준은… 죽는다.

목숨을 잃는 게 아닌, 사회적으로 완벽한 매장을 당할 것이다. 더 이상, 아무것도 못 할 것이다. 이 나라에서 납치라는 것 자체가 그 정도 파괴력을 가진 건 아니지만, 거기에 지영이 끼어 있으면 작은 다이너마이트가 핵탄두가 되어버린다. 강지영이란 인간이 가진 파급력이, 그 정도였다.

뚜르르, 뚜르르…….

신호는 가지만 여전히 송지원은 전화를 받지 않았다. 어딘지 모르니 찾아가는 것도 불가능했다. 지영은 일단 임수민에게 전화를 걸었다.

—응.

나른한 목소리였다.

다행히 그녀는 신호음이 뜨기도 전에 전화를 받았다.

"아침에 이성준이 터뜨린 거 봤지?"

—봤지. 죽고 싶어 아주 환장을 했던데?

"그렇지. 환장을 했지, 아주. 근데 그게 문제가 아니야. 지원 누나가 그거 보고 열받아서 지금 기자회견 준비 중이야."

—…지원이가?

"응; 딱 봬도 뭔 말할지 알겠지?"

―이성준이 자기를 납치했다는 사실을 밝히겠지. 걔한테 증거는 없지만 천하의 송지원이 하는 말이면 무시무시한 폭탄이 터지는 것이나 다름없겠지.

"하아……."

역시 임수민의 의견도 지영과 같았다.

그녀가 사실을 터뜨리고 난 뒤에는, 그땐 진짜 개싸움이 터질 것이다. 어차피 다 밝혀진 이상, 오성이 가만히 있을 리가 없었다.

제국.

오성을 거론할 때 항상 나오는 단어가 바로 제국이란 단어고, 그 단어가 가진 힘은… 어마어마했다. 이 땅위에서는 할 수 없는 게 없다는 말을 듣는 게 바로 오성 제국이었다. 그런 제국과 피터지게 싸우는 거야 겁나지 않았다. 애초에 제국이란 단어에 겁을 먹기에는 강지영이란 인간이 워낙에 특별했다.

'나는 괜찮다고, 나는…….'

지영 본인은 스스로 아무리 생각해 봐도 괜찮았다.

하지만 지영만 괜찮지, 그 주변은 아니었다.

제국이 마음먹고 달려들면, 지영의 주변 지인들 피를 말리는 거야 일도 아니었다. 그리고 오성은 그게 특기인 곳이기도 했다.

"말려야겠지?"

―그래야겠지. 오성이랑 싸우면 둘 다 다쳐. 어느 한쪽이 무너질 쯤이면 상대도 절대로 멀쩡하진 못할걸? 그리고 너나 나나, 평범하게 일을 처리하는 족속은 아니잖아?

"그렇지……."

지영이 이 일에 대해서 가장 걱정하는 부분이 그 부분이었다. 만약의 상황이 지영은 걱정스러웠다. 극단적인 선택을 하게 될 때가 오게 된다면? 지영은 움직일 것이다. 직접, 고민하고, 또 고민해도 그 방법밖에 없다면 가차 없이 움직일 것이다.

―일단 내가 지원이 위치 알아볼게.

"후우, 부탁한다."

―걱정 마.

뚝.

전화를 끊은 지영은 지끈 거리는 골을 부여잡고 다시 소파에 앉았다. 그리곤 빠르게 손을 놀려 송지원에게 메시지를 넣고, 다시 폰을 내려놨다. 힐끔, 장훈을 보자 그는 다시 누군가와 통화를 하고 있었다.

"회선을 막던! 회사에 연락을 하던 해서 막으라고! 그래! 무조건 막아! 잘 들어라……. 그거 나가면 너나 나나 다 모가지야. 회장님이 절대 용서 안 하실 거다……. 그러니까 지금 당장 움직여! …후우……."

전화를 끊은 장훈은 다시 터덜터덜 걸어 지영의 앞에 앉았
다.

지영은 그를 가만히 바라봤다. 그러자 시선을 느낀 그가 고
개를 들어 지영을 잠깐 봤다가, 고개를 절레절레 저었다.

"미친놈 하나 때문에 이게 정말 무슨 짓인지… 후우."

피식.

둘째 도련님에서 이제는 호칭이 미친놈으로 변했다. 이는
그 스스로도 이제 이성준을 로열패밀리로 인정하지 않겠다는
뜻이었다. 그리고 이는 오성 제국의 행동에 뚜렷한 변화를 줄
것이다.

"지치네요. 그룹 비서실에서 일하면서 오늘처럼 지치기는
또 처음입니다."

장훈이 동정심을 유발하려는 건지 지친 표정으로 그렇게
말했다. 하지만 지영은 대답하지 않았다. 지금은 지영도 생각
할 시간이 필요했다. 송지원의 행동을 막으면 다행이지만, 막
지 못하면 그에 따라 지영도 어떻게 움직일 건지, 방침을 정해
야 했다.

"곧 있으면 서로 적이 될 수도 있는데… 이렇게 같이 마주
보고 앉아 있으니 참 기분이 묘하네요."

"후우. 그러게 말입니다. 지원 씨 행방은 찾았습니까?"

"아니요, 아직입니다."

지영이 고개를 젓자 그는 또 길게 한숨을 내쉬었다. 사실 이렇게 앉아는 있지만 장훈은 지금 절벽 위에 서 있는 것이나 마찬가지였다. 이번 일이 터지면 오성 제국의 황제는 책임을 반드시 물을 것이다.

'피도 눈물도 없는 인간이라고 했었지, 아마……'

예전에 장훈이 처음 찾아오고 나서, 부뚜막에 의뢰를 넣었었다. 오성 로열패밀리에 대한 조사 의뢰였다. 그때 가장 첫 페이지에 있었던 오성의 황제는 정말 냉철한 인간이었다. 지금도 나이 70이 넘었지만, 피도 눈물도 없는 얼음 같은 사업 마인드로 일선에 머물러 있다고 했다.

그 인간의 특징 중 하나가 잘못엔 반드시 책임을 묻는다는 점이었다.

'그러니 이 일을 미연에 방지 못 한 인간들의 목은 죄다 날아가겠지.'

이는 불을 보듯 뻔했다.

그러니 저렇듯 전전긍긍하고 있는 게 이해가 갔다.

지잉, 지잉.

임수민에게 다시 전화가 왔다. 지영은 얼른 폰을 들어 통화 버튼을 터치했다.

"응."

—지원이 찾았어.

벌써?

지영은 급히 자리에서 일어났다.

"어디야?"

—집. 집으로 기자들 불러서 지금 세팅 중인가 봐.

"알았어. 고맙다."

—별말씀을. 일단 내가 먼저 움직일게. 다행히 나도 지금 집이라. 너보단 내가 빠를 거야.

"그래, 가서 일단 지원 누나 진정만 시켜줘."

—응.

전화를 끊은 지영은 장훈을 향해 말했다.

"일단 가서 상황 정리 하고 연락드리죠."

장훈은 같이 갈 수 없었다.

같이 가도 뭐라고 소개할 방법도 없었다.

이제는 오성이라면 이를 가는 송지원이기 때문이었다. 장훈도 그걸 잘 아니 군말 없이 자리에서 일어났다.

"후우, 네. 잘 부탁드립니다."

그리곤 고개를 90도까지 숙여 인사를 하고 사무실을 떠났다. 그가 떠나고 나자 지영은 잠시 뒤에 사무실을 정리하고, 바로 송지원의 집으로 향했다.

　　　　*　　　　　*　　　　　*

　가는 날이 장날이라고, 이상하게 막히는 길을 겨우겨우 뚫고 송지원의 집 앞에 도착해서 가장 먼저 확인한 건 벌 떼처럼 모여든 기자들이었다. 안 그래도 이성준이 지영에 대한 일을 터뜨리는 바람에 지금 기자들에게 지영은 화제의 중심 정도가 아니라, 폭풍의 핵 정도로 여겨지고 있었다.

　"어, 강지영이다!"

　"지영 씨! 지영 씨 인터뷰 한 번만 해주시면 안 되겠습니까!"

　지영이 차에서 내리자 기자들이 우르르 몰려들었다. 하지만 워낙에 지영이 굳은 표정이었기 때문에 막 달라붙지는 못하고 적당히 거리를 유지하고는 있었다.

　"후우… 죄송합니다. 지원 누나가 너무 걱정되니… 일단 누나부터 만나고 나서, 인터뷰하겠습니다. 죄송합니다."

　"그, 그래도 한 말씀만……."

　조심스럽게 물어보는 여기자를 잠시 보던 지영은 다시 한번 죄송하단 말을 꺼내고 송지원의 집으로 움직였다.

　"아, 거 더럽게 비싸게 구네. 말 몇 마디 해주면 주둥이 닳나……."

　"……."

계단을 오르던 지영은 그 말에 걸음을 멈추고, 천천히 고개를 돌렸다. 그리곤 정확히 그 말을 한 30대 중반의 사내를 바라봤다.

"당신한테는 말하면 닳을 것 같긴 하네."

"뭐라고?"

"너한테 말하면 내 혀가 썩어버릴 것 같다고."

"다, 당신 지금 뭐라 그랬어! 나 기자야! 기자!"

피식.

지영은 그냥 웃었다.

가뜩이나 짜증 나 죽겠는데… 저런 말을 들으니 진짜 뚜껑이 열리는 것 같았다. 하지만 그래도 지영은 심호흡을 했다. 마음 같아선 확 뭉개고 싶지만, 지금은 그게 먼저가 아니었다. 그리고 지영은 저런 인간들을 아주 잘 안다.

철 지난, 그릇된 기자 정신에 목매는 인간들……. 자신이 마치 정의인 양, 국민의 알 권리를 들먹이는 인간들. 고로, 상종할 필요가 없는 인간이었다.

다시 고개를 돌린 지영은 송지원의 집 안으로 들어갔다. 문이 굳게 닫혀 있었지만 비밀번호를 알고 있어 들어가는 건 어렵지 않았다.

현관문을 열고 들어가자 거실엔 기자 열 명 정도가 거실에 있었고, 이미 방송하기 위한 준비가 전부 끝나 있는 걸 확인할 수 있었다. 지영이 들어오자 도란도란 모여 수군거리던 기자들이 지영을 보곤 큼큼, 헛기침을 해댔다.

하지만 대문에서처럼 무례하게 지영에게 다가오는 이들은 없었다. 몇몇은 지영과도 안면이 있어 가볍게 인사까지 해왔다. 지영도 마주 인사를 하고는 가장 친한 기자에게 바로 다가갔다. 40대 초반의 산적같이 생긴 기자인데, 아주 공정한 기사를 내는 참기자 중 한 명이었다.

"누나는요?"

"수민 씨가 와서 잠깐 이 층으로 데리고 가던데?"

"인터뷰했어요?"

"아니, 아직. 막 시작하려고 하는데 수민 씨가 들이닥쳐서."

"하아……."

다행이었다.

아직 시작하지 않아서.

"싫어! 할 거야!"

쩌렁!

막 한숨을 내쉬는데 이층에서 송지원의 격렬한 외침이 들렸고, 지영은 굳은 얼굴로 이 층으로 올라갔다.

"언니가 뭔데! 언니가 뭔데 말리는데!"

"지원아!"

2층으로 올라가자마자 그녀가 서재로 쓰는 방에서 악에 가득 찬 송지원의 목소리가 들려왔다.

"몰라! 할 거야! 그 개새끼 내가! 매장시켜 버릴 거야!"

"너 그러면 지영이만 곤란해져!"

"왜! 내 동생한테 그런 나쁜 짓 한 놈인데! 나한테도 그랬는데! 근데 또 우리 지영이 괴롭히는데! 아예 끝내 버릴거야……. 아무것도 못 하게! 앞으로 내 동생한테 아무런 짓도 하지 못하게! 그 새끼 내가 죽여 버릴 거라고!"

"송지원! 정신 차려!"

쫙!

지영은 기대고 있던 등을 떼며 움찔했다.

결코 작지 않은 소리였고, 이는 분명 임수민이 송지원의 **뺨**을 때리며 난 소리일 것이다. 들어갈까 하다가 지영은 일단 더 기다리기로 했다. 지금 송지원은 너무 흥분한 상태였고, 지영이 들어가면 아마 그 흥분도가 더 올라갈 게 **뻔**했다. 다행히 임수민이 인터뷰 직전 잡아났으니 상황을 정리할 시간은 충분했다.

"언니… 지금 나 때렸어?"

"정신 차려, 송지원. 니가 지금 하려는 행동, 지영이한테 하나도 도움 안 돼. 오히려 지영이를 더 곤란하게 만들 뿐이야. 너 그러고 싶어? 지영이가 곤란해하는 거 보고 싶어? 안 그래도 힘든 앤데, 또 그렇게 하고 싶어?"

"왜? 왜 지영이가 곤란한데? 그놈이 거짓말하잖아. 그놈이 지영이 괴롭히는 거잖아! 그러니까 그놈만 없어지면 되잖아!"

"니가 인터뷰한다고, 니가 다 밝힌다고 그놈이 조용히 사라질까? 아닐걸? 오히려 오픈하지 않은 것까지 전부 내던져서 지영이를 더 몰아붙일걸? 그럼 지영이는 어떻게 될까?"

"그건……."

"오성이야, 오성. 지영이에 대해 조사란 조사는 싹 했을 거야. 지난 오 년이 문제가 아니라, 너를 구출하면서 지영이가 한 행동까지 전부 밝혀지면 지영이는 무사할까? 아, 우리 지영이니까 사람들은 다 이해해 줄거야! 이런 순진한 생각하고 있는 건 아니지? 여기 한국이야. 한국 네티즌들 몰라? 이런 저런 프레임 씌워서 지영이를 끝까지 괴롭힐 거야. 이성준 그놈이 원하는 것도 그거고."

"……."

임수민의 말에 송지원이 드디어 침묵했다.

흥분이 가라앉은 것이다.

지영은 안 들어가길 잘했다고 생각했다. 임수민도 수없이 많은 삶을 살아온 존재인 만큼, 지금처럼 흥분한 사람 설득하는 건 일도 아니었다.

"하아, 지원아. 잘 생각해야 돼. 니가 힘든 일 당한 거 누가 모르니. 아직 무서운 것도 다 알아. 하지만 그래도 이건 아니야. 지영이는 널 지키려고 필사적으로 움직였는데, 넌 그걸 지금 다 무너뜨리려고 하는 거야."

"아니야……"

"맞아. 결과적으로 그렇게 될 거야. 언니가 하나 더 얘기해 줘? 니가 다 얘기하는 순간 오성은 더 이상 잃을 게 없게 돼. 그럼 그 인간들이 가만히 있을까? 아마 같이 죽자고 물귀신 작전을 펼칠걸? 너 예전에 대성이랑 오성이랑 붙었을 때 기억 안 나? 그때도 오성은 지영이를 그렇게 공격했어. 이번이라고 다를까? 이번엔 아예 당사자인데? 그놈들은 정말 무슨 짓이든 할 놈들이야. 지금까지 닥치고 있는 건 이성준이 큰 잘못을 했고, 그게 사회적으로 용납이 안 되는 일이기 때문에 함구하고 있는 거야. 그리고 그걸 지영이도 알아. 그래서 오성과 지영이는 암묵적인 합의하에, '그날' 일을 무덤까지 가지고 가기로 한 거야. 그래야 서로 치고받을 일이 없으니까."

"……"

"그런데 그게 오픈되면? 헬 게이트 열리는 거야."

"……"

"그것도 아주 크게. 주변 사람들까지 싹 잡아먹는 거대한 불지옥이 펼쳐져."

"……"

"지원이 너, 그걸 바라는 거야?"

"……"

숨 쉴 틈도 안 주고 몰아붙이는 임수민. 송지원은 당연히 찍 소리도 못했다. 그리고 그런 송지원의 반응에 지영은 안도했다. 이 정도면 그녀도 충분히 냉정을 되찾았을 것이다.

"언니… 정말 그렇게 돼?"

"응. 무조건. 백 퍼센트의 확률로 그렇게 될 거야."

"……"

지영이 다친다는 말에 또 고민하는 송지원. 지영은 그런 송지원의 행동에 지영은 또 가슴이 아파졌다. 송지원과 강지영. 일단 성이 다르다. 그러니 피가 섞이지도 않은 관계였다. 그런데도 송지원은 지영을 정말 친동생처럼 대해줬다. 아니, 친동생 이상으로 챙겼다. 사랑하는 사람에게 목숨을 거는 것처럼, 그렇게 행동했다.

지금도 그랬다.

자신의 분노를 풀고 싶으면서도, 그렇게 하면 지영이 다친다는 말에 또 저렇게 흔들리고 있었다.

이게 전부 지영을 사랑하는 마음에서 비롯되었다. 지영은 이 부분이 참 신기하면서도 고마웠고, 미안했다.

똑똑.

지영은 등을 떼고 문을 노크했다.

"누구세요……?"

송지원의 조심스러운 목소리가 들렸고, 지영은 목을 풀고
바로 대답했다.

"누나, 저예요."

"누구? 지영이야?"

"네, 들어가도 되죠?"

"으, 으응……."

끼익.

문을 열고 들어가자 의자에 앉아 있는 송지원과 그 앞에 서
있는 임수민이 보였다.

송지원의 얼굴은 엉망이었다.

하도 많이 울어서 팅팅 부운 눈과, 눈물 콧물을 줄줄 흘렸
는지 카메라 앞에 서기 위해 한 메이크업에도 줄이 죽죽 가
있었다. 게다가 임수민한테 한 번 제대로 맞아서 얼굴 한쪽이
빨갛게 부어 있었다.

"하아."

한숨이 절로 나오는 행색이었다.

"누나, 괜찮아요?"

"응, 누나 괜찮아……. 지영아, 넌? 아침에 기사 보고 많이
놀랐지?"

피식.

"제 걱정 말고 누나 걱정부터 해요. 꼴이 이게 뭐예요, 이게."

"아냐, 누나 괜찮다니까……."

"보는 제가 안 괜찮아요. 밑에 기자들은 제가 맡을게요. 누나는 씻고 좀 쉬세요."

"니가?"

"네, 집까지 불렀는데 그냥 보내는 건 예의가 아니잖아요."

"아… 얘기 다 들었어?"

"……."

지영은 대답 대신 고개를 끄덕였다.

그리곤 다가가서, 허리를 숙여 송지원을 안았다.

열을 올렸으면 뜨거워야 하는데, 이상하게도 송지원의 몸은 차가웠다.

"걱정 마요. 제가 다 잘 해결할 테니까."

"……."

지영은 다시 몸을 세웠다.

송지원의 몸은 그리 큰 편이 아니었다.

160이 조금 넘었고, 체형 자체도 마른 편이었다. 그런데 요즘 잘 못 먹어 그런지 훨씬 핼쑥했다.

안타까웠다.

그리고 새삼… 분노가 올라왔다.

송지원을 이렇게 만든 이성준을 향한 분노였다.

'널 그때 꼭 죽였어야 했는데…….'

치밀어 오르는 분노 탓에 살기가 확 일어나자, 임수민이 옆구리를 툭 쳤다. 그리곤 고개를 저었다. 안 그래도 민감한 송지원이 더 나빠질까 걱정된 것이다. 지영은 바로 분노를 가라앉혔다.

"그럼 쉬고 있어요."

"……."

끄덕.

송지원에게 답을 들은 지영은 문 밖으로 나갔다. 그러자 임수민이 바로 따라 나왔다.

"어쩌게?"

"일단은 기자들 질문에 대답 좀 해줘야지."

"그걸로 되겠어?"

"오기 전에 장훈 실장 만났어. 이성준은 오성에서 처리할 거야."

"흠… 그럼 수습은 되겠네."

"누나 좀 잘 봐주고 있어. 난 내려가서 기자들 수습할 테니까."

"그래."

임수민이 다시 방으로 들어가자 지영은 한숨을 내쉬곤 1층으로 내려갔다. 지영이 내려오자 기자들의 시선이 바로 몰려들었다.

"저… 지원 씨는요?"

"인터뷰는 제가 대신 할게요. 저한테도 궁금한 거 많으시잖아요? 괜찮죠?"

"……."

지영의 대답에 기자들이 서로의 얼굴을 바라보다가 얼른 고개를 끄덕였다.

솔직히 기자들의 입장에서는 송지원보다 지영이 더욱 핫하다. 그리고 물어보고 싶은 것도 훨씬 많았다. 불감청이언정고소원이라, 그 말이 딱 맞는 상황이었다.

지영이 의자에 앉자 기자들이 분주하게 다시 준비를 시작했다. 그러나 지영과 친분이 있는 기자가 급히 지영에게 다가왔다.

"저! 지영아! 십 분! 십 분만 이따가 하자. 우리도 뭘 질문할지 리스트를 좀 나눠서 뽑아야 되잖냐. 응?"

"무슨 곤란한 질문을 하시게요?"

지영이 웃으며 묻자 그 기자는 바로 손사래를 쳤다.

"우리가 그런 질문을 하겠냐? 걱정 마. 알아서 잘 뽑아볼게."

"믿어요. 그럼 저 잠깐 나갔다 올게요."

"그래! 고맙다!"

지영이 다시 의자에서 일어나 밖으로 나가자 안에서 대박!

하고 소리를 지르는 게 들렸다. 인터뷰 따는 게 하늘의 별 따기라는 지영의 인터뷰이니, 저렇게 소리를 지르는 것도 이상한 일은 아니었다.

치익.

"후우……."

연기를 내뿜은 지영은 다시 한번 안도의 한숨을 내쉬었다.

다행히 임수민이 제 시간에 도착해서 송지원을 막았다. 그것만으로도 일단 대형 사고는 막은 거나 다름이 없었다.

"그럼 이제……."

이 개새끼를 어쩔까?

오성에서 이번 사태를 막기 위해 이성준을 막기야 하겠지만, 그뿐일 것이다.

이놈은 도저히 용서가 안 되는 놈이었다. 게다가 이번 일이 아마도 끝이 아닐 것이다. 살아 있는 한, 계속해서 지영을 노릴 것이다.

"지금처럼 내가 아닌 내 주변 사람들을 노릴 수도 있겠지……."

그걸 상상하자 다시금 열불이 치솟았다.

지영은… 성인군자가 아니었다.

당하면 당한 만큼, 그 이상을 갚아주는 삶을 살아왔다.

범죄.

어쩌면 지구상에서 지영이 가장 먼저 범죄를 저질렀을 수도 있었다.

이전의 삶이 결코 순탄치는 않았으니 말이다. 하지만 문제가 있었다.

그놈에게 손을 쓰면 필연적으로 강지영이란 인간이 놈들의 범인으로 생각하는 용의선상에 놓이게 된다.

지영이 손을 안 쓰면?

그것도 당연히 문제가 된다.

왜?

또 지랄할 게 빤하기 때문이다.

'일단… 기다려, 넌.'

이번 일은, 어떻게 해서든 반드시 갚아준다.

지영은 다 타버린 담배를 끄고 다시 안으로 들어갔다.

안으로 들어가자 분주하게 상의를 나누던 기자들이 바로 자리에 섰다.

다시 의자에 앉은 지영은 이제야 보이는 방송용 카메라를 보고 진짜 송지원이 이 악물고 작정했구나란 사실을 알 수 있었다.

"준비 끝났어요?"

"응, 이제 시작할까?"

"네. 시작해요."

지영이 고개를 끄덕이며 대답하자 첫 번째 질문이 날아왔다.

예상대로 이성준이 터뜨린 정보와 연관된 질문이었고, 지영은 차분하게 대답했다. 그리고 당연히 사실을 말하면서도, 팩트는 피해가며 대답했다.

살인자.

이 프레임을 지영에게 씌우고 싶은 이성준의 의도를 따라줄 생각은 당연히 조금도 없었다. 그리고 그렇게 해서도 안 됐다.

지영은 지켜야 할 사람들이 너무 많았기 때문이다.

이어서 질문이 들어왔다.

무례하지 않으면서도, 확실히 이번 일에 대해서 네티즌들이 듣고 싶어 할 질문들을 던졌다.

그런 질문들을 들은 지영은 천천히, 그리고 확실한 어조로 인터뷰를 대답했다.

한 사람당 2개의 질문을 받았을 뿐인데도 지영이 대답을 워낙에 천천히 하다 보니 1시간이라는 시간이 훌쩍 지나고야 인터뷰는 끝났다.

기자들은 후련한 표정이었다.

지영이 워낙에 대답을 잘해줬기 때문이었다.

"고맙다, 안 그래도 지영이 너에 대한 기사 준비하라고 데스크에서 난리도 아니었는데."

친한 기자가 그렇게 말하자 지영은 고개를 저었다.

"아니에요. 지원 누나 일도 있고, 제가 고맙죠. 그래도 기자님이 와주셔서 다행이네요. 절 좋게 봐주시잖아요. 하하."

"좋게 보기는? 난 사실만 쓴다. 그게 기자가 할 일이야."

"제가 거짓말했으면요?"

"그걸 파악하지 못한 내 잘못이겠지? 아까 대답이 전부는 아닌 것 같단 느낌이 들긴 하지만… 그거야 언제고 밝혀질 것이고. 안 그러냐?"

"하하, 네. 뭐, 때가 되면요."

"내가 이래서 널 좋아해. 넌 도망치지도, 피하지도 않으니까."

툭툭.

소도 때려잡을 것 같은 넓은 손으로 어깨를 두드린 기자는 그 길로 짐을 챙겨 바로 송지원의 집을 떠났다.

그의 뒤를 따라 기자들이 하나둘 나갔고, 어느새 거실은 텅 비었다.

"후우……."

그제야 지영은 다시 의자에 털썩 앉았다.

이번엔 진짜… 지쳤다.

하지만 그래도 큰 사고를 하나를 막은 거라 기분은 나쁘지 않았다.

잠시 쉬던 지영은 다시 일어났다.

이제, 마지막 수습이 남아 있었다.

Chapter90
프러포즈

무더운 여름.

이제는 아예 땡볕이 대지를 달구기 시작했다. 그날 이성준이 벌였던 일은 발 빠르게 움직인 지영과, 장훈 실장의 선에서 다행히 마무리가 되었다. 물론 쉽게 가라앉진 않았다. 워낙에 이성준이 들고 있던 증거가 탄탄했고, 심지어 몇 개는 검증을 마친 상태였기 때문이다. 하지만 장훈 실장의 능력은 출중했다.

지영의 인터뷰 직후, 장훈 실장은 오성그룹 산하 언론사를 통해 대대적인 정정 보도를 했고, 이성준을 약쟁이로 만들어

버렸다. 그리고 그 과정에서 이성준의 신병을 조용히 구속하기도 했다.

손에 쥐고 있던 정보를 결국 터뜨리지 못했기 때문에 세인들의 관심은 조금씩, 그 사건에서 멀어졌다. 그렇게 3주쯤 지나자 지영의 일은 조용히 잊혀졌다. 하지만 대신 다른 이슈가 떠오르기 시작했다.

바로, 은솔재단이었다.

은솔재단, 사실 다시 떠오른 이슈라고 말하기에는 무리가 있었다. 지영의 일이 마무리되기 전까지도 가장 핫했던 이슈였기 때문이다. 그런 은솔재단 산하 은솔학원이 곧 개교를 한다는 소식이 기사를 통해 알려졌고, 이번만큼은 다들 한마음 한뜻으로 박수를 보내며 은재를 칭찬했다.

솔직히 은재가 선택한 일은 쉬운 선택이 아니었다.

살면서 가장 중요한 건 행복이라고 말하지만, 그 행복도 돈이 없으면 절대로 이루어질 수 없기 때문이었다. 물론 소수의 사람들은 돈이 없어도 행복한 삶을 살지만 그들은 말 그대로, 엄청 소수다.

어쨌든 그렇기 때문에 돈, 금전은 삶에서 굉장히 중요한 요소였다. 게다가 은재는 모두가 알고 있듯이, 굉장히 불우한 어린 시절을 보냈다. 선천적으로 불구인 하반신과, 대기업 사장의 불륜으로 인해 태어나 말문이 채 트이기도 전에 친부모에게 버려졌다. 하지만 그럼에도 불구하고 은재는 밝게 컸고, 성공했으며, 여태 번 돈으로 다시 자신과 비슷한 처지의 아이들에게 베풀려 하고 있었다.

이런 선택은 솔직히 아무나 하는 게 아니었다.

지영도 엄청나게 많은 돈을 벌지만 그럴 생각은 은재가 말하기 전에는 생각하지도 못했었다. 그런 만큼 은재는 요즘은 거의 '천사' 소리까지 듣고 있었다. 그래서 은솔재단에 대한 기부도 끊이지 않고 있었다.

그렇게 수많은 사람들의 관심과, 사랑 속에서 7월 10일, 은솔학원이 문을 열기로 결정이 났다. 지영은 학원을 열기 전에 아주 오랜만에 은재와 둘이 여행을 떠났다. 앞으로는 은재도 바빠질 것이고, 지영도 신작 준비에 다시 들어갈 거라 이럴 시간이 나지 않아 급하게 떠난 여행이었다.

장소는 정순철 팀장이 주선해 줘서 예전 가족들과 함께 왔던 별장이었다.

"흠, 좋다. 흐흐."

타닥, 타닥.

모닥불 앞에서 불을 쬐던 은재가 갑자기 실없이 웃었다. 지영은 그런 은재를 빤히 보다가 피식 웃었다.

술이 몇 잔 들어가서 발갛게 물든 은재의 모습이 너무나 예뻐 보였기 때문이었다. 은재의 미모는 요즘 점점 꽃이 피듯,

개화하고 있었다. 반은 같은 피를 가진 김은채의 날카로운 미모가 아닌, 동글동글하면서도 순한 인상의 외모라 따뜻함마저 느껴졌다. 그러니 간간히 풀리는 은재의 사진에 뭇 남성들이 열광하는 것도 무리는 아니었다.

"그렇게 좋아?"

"응, 흐흐. 우리 둘이 이렇게 여행 온 건 처음이지 않아?"

"처음이지."

둘 다 너무 바빴고, 일도 많았다.

지영이 영화 한번 들어가면 완벽을 추구하는지라 준비 기간까지 합쳐서 네다섯 달은 그냥 날아갔다. 일 년에 두 편 찍으면? 10개월은 순식간이었다. 그런 지영만 바쁜 게 아니라 은재도 재단 준비와 신작 준비로 지금까지 계속 바빴다. 물론 이게 두 사람이 여행을 못 온 이유의 전부는 아니었다. 알다시피 지영이나, 은재나 사건 사고가 정말 끊이지가 않았다. 올해만 해도 대체 몇 개의 사건 사고가 터진 건지… 셀 수가 없었고, 그 크기마저 결코 가볍지 않았다. 송지원 납치부터 시작해서 정말… 어휴, 그 생각만 하면 두 사람 다 치가 떨렸다. 그러다가 개교 전에 둘 다 이렇게 겨우 시간이 맞았다.

그래서 지영은 정순철에게 부탁해서 이곳 별장을 예약했고, 급하게 준비해서 바로 날아왔다. 덕분에 이것저것 빼놓고 온 게 좀 있지만 그건 문제가 안 될 정도로, 분위기는 좋았다.

"좋다. 이렇게 있는 거. 으으……!"

그렇게 말하곤 기지개를 켜는 은재를 보면서 지영은 테이블 위에 올려놨던 잔을 들었다.

그런 지영의 행동에 은재가 얼른 팔을 내리고 잔을 집어 들었다.

"짠!"

"짠."

쨍.

유리잔의 맑은 소리가 모닥불 타는 소리와 잠깐 합쳐졌다가 흩어졌다. 유선정이 구해준 전통주는 아주 깔끔한 맛이었다. 그리고 은재가 달달한 걸 좋아하는지라 혀끝에 감도는 달달함도 예술이었다.

"맛있다. 선정 이모는 이런 걸 대체 어디서 구할까?"

"아는 분이 있다던데?"

"그래? 어머님이랑 아버님 구해 드리고 싶다. 아, 은채 언니도. 흐흐."

"내가 말해볼게. 근데 이제는 언니라고 잘 부르네?"

"응, 언니잖아? 고모랑도 다 풀었는데 이제는 언니라고 불러야지. 그리고 저번에 고모랑 식사하다가 그냥 은채라고 불렀는데, 사실 그때 좀 혼났어. 흐흐."

"혼났어?"

지영이 눈을 동그랗게 뜨고 보자 은재는 흐흐, 푼수같은 웃음을 다시 흘렸다.

"많이 혼난 건 아니고, 그냥 가족이라고 생각하면 은채가 언니가 맞으니까, 그렇게 부르는 게 맞다고 주의받은 정도?"

"흠……."

틀린 말은 아니었다.

김은채의 친모가 은채를 임신했을 때, 김은채의 친부가 그 기간을 못 참아 룸살롱의 아가씨와 외도를 했고, 그렇게 은재가 태어났다. 결국 은재의 생일이 육칠 개월 정도 늦으니, 김은채는 은재의 언니가 된다. 그러니 은재의 고모가 한 말이 틀린 말은 아니었다.

"익숙해지면 괜찮을 거야. 나도 이제 은채를 언니라고 생각하니까. 흐흐. 아 맞다, 근데 나 은채 언니한테 죽겠다."

"왜?"

"몰래 왔잖아? 폰도 꺼놓고. 지금 폰에 부재중 전화랑 메시지 폭발했을걸?"

"……."

길길이 날뛰고 있을 김은채가 떠오르자 지영은 다시 피식, 실소를 흘렸다. 김은채라면 정말 그러고도 남았다. 악의 없는 집착. 김은채가 은재를 대할 때를 보면 항상 그런 느낌이 들었다. 동생을 끔찍하게 생각해서, 오죽하면 지영이랑 같이 있는 시간에도 당당하게 함께하는 게 바로 김은채였다.

그런데 둘이 말도 안 하고 여행을 왔으니… 지금쯤 김은채는 이를 북북 갈고 있을 게 분명했다.

"내버려 둬. 언제까지 같이 다닐 수도 없는데. 이러다 너랑 나랑 결혼하면 아주 그냥 난리 나겠다."

"으으, 생각만 해도 무서워. 흐흐, 은채 언니는 다 좋은데 날 너무 좋아해. 그게 문제야. 흐흐."

좋아해 줘도 곤란한 아이러니함이 있지만, 그래도 은재의 표정은 밝았다. 사랑받고 있다는 사실 자체가 좋은 것 같았다.

"지영아, 나 고기 좀 더 구워주라."

"알았어. 뭐로 구워줄까?"

"선정 이모표 갈비!"

"그래."

지영은 자리에서 일어나 집게로 그릴 안에 숯을 뒤집었다. 불씨가 거의 다 죽어 숯과 탄을 더 넣고는 아이스박스에서 고기를 꺼냈다. 언제나 느끼는 거지만, 유선정은 정말 요리를 잘했다. 게다가 기름진 고기도, 전혀 느끼하지 않게 만드는 특제 소스는 정말이지… 지영이 만약 사업을 했다면 당장에 계약하고 팔고 싶을 정도였다.

"팬에 구워줄까? 아니면 직화로?"

"팬! 팬으로 구워야지 육즙이 더 살아 있는 것 같아. 흐흐."

"알았어."

불이 어느 정도 올라오자 지영은 팬을 올리고 고기를 굽기 시작했다.

치이익.

달궈진 팬에서 올라오는 갈비 양념 특유의 달짝지근한 냄새에 지영도 식욕이 동하기 시작했다. 지영은 테이블에 다시 여러 가지 밑반찬을 세팅했다. 그리곤 다 익은 고기를 먹기 좋게 잘라 테이블에 올렸다.

쿵쿵.

"아, 맛있는 냄새⋯⋯."

"따뜻할 때 먹어."

"응, 너는?"

지영이 아직 앉지 않고 서 있자 고기를 집어 입으로 가져가던 은재가 물었다.

"기왕 불 피웠는데, 다른 것도 먹어보게."

"아하!"

은재가 한 입 야무지게 먹는 걸 흐뭇하게 보던 지영은 다시 아이스박스에서 간장으로 양념한 삼겹살을 꺼냈다. 생삼겹살도 있지만 지영은 이 간장 숙성 삼겹살이 훨씬 좋았다. 고기가 엄청 두툼하지만 벌집 삼겹살처럼 칼집이 들어간 게 특징이었다.

치이익.

연기가 파르르 피어오르자 이번엔 짭쪼름한 냄새와 후추 특유의 향이 코를 찔렀다. 몇 가지 재료와, 간장을 물에 희석해서 숙성하는 유선정표 삼겹살은 일단 잡내를 완벽하게 날리고, 고기 본연의 맛만 살리는 특별함이 있었다.

"그거 이베리코지?"

"그럴걸?"

"넉넉하게 구워줘! 나 그거도 먹을래. 흐흐."

"살찌겠는데?"

"흐흐, 난 먹어도 안 찌지롱!"

그것 참… 축복받은 체질이다.

타지 않게 고기를 다 구운 지영이 다시 먹기 좋게 자른 다음 테이블에 올려놓자 은재가 얼른 쌈을 하나 싸서 지영에게 내밀었다.

"아아……."

지영은 능숙하게 쌈을 받아먹었다.

고기는… 맛있었다.

양념, 고기, 쌈 재료가 다 너무 좋아 맛이 없을 수가 없었다. 밤이 깊었지만 둘은 도란도란 얘기를 나누며 술과, 고기를 마음껏 먹었다.

"아 배부르다……. 이런 게 사는 거지. 흐흐."

은재의 말에 지영은 그냥 피식 웃고 말았다. 인생을 논하기에는 은재의 나이가 지극히 짧았지만, 우여곡절이 많았던 만큼 이해가 되기도 했다. 물론 지영은 인생을 안다.

'모르면 그게 비정상이지.'

그러면서도, 이런 감정을 유지할 수 있음에는 감사했다. 그게 아니라면 사랑도, 우정도, 슬픔, 분노, 그 어떤 것도 느끼지 못하는 기계가 되었을 것이다. 그런 상황에 처하지 않은 것만해도 지영은 참 다행이라고 생각했다.

'언제까지 이런 삶이 계속될까?'

당장은 나쁘지 않았다.

일단 자신의 주변에 산재한 일들이 어느 정도 정리가 된 상태니까, 확실히 나쁘지 않다. 하지만 언제 변할지 아무도 모른다. 그래서 지영은 더 늦어지기 전에, 확실하게 하고 싶었다. 이 여자와 좀 더, 더욱 더 가까워지고 싶었다. 그래서 올 때부터 생각하고 있던 말을 꺼냈다.

"은재야."

"응?"

지영의 말에 은재는 술을 마치 코코아처럼 마시다 말고, 지영을 올려다봤다.

"우리 결혼할래?"

"으… 응?"

"싫어?"

"아니? 싫을 리가? 근데 이거 설마 프러포즈?"

"아마도? 거창한 프러포즈를 생각했던 건 아니지?"

"그럼, 아니지. 내 남자가 그럴 리가 없다는 건 이미 잘 알고 있었지. 흐흐. 그럼 언제 할 생각인데?"

대화는 매우 빠르게 진행됐다.

은재는 기분이 나쁘진 않은지, 눈을 초롱초롱 뜨고 올려다보고 있었다.

"너 바쁜 거 다 마무리되고, 나도 솔 끝내고, 겨울 어때?"

"겨울… 좋다. 그거 알아?"

"뭘?"

"너랑 나랑 만난 건 아직 봄이지만 아직 겨울의 칼바람이 몰아쳤을 때고, 우리가 헤어졌다가 다시 만났을 때도 추운 겨울이었던 거."

"알지."

그건 지영도 잊지 않고 있었다.

은재를 처음 만난 날, 중학교 입학식 날이었다.

모두가 강당에 갔을 때 교실에서 지영은 유은재란 소녀를 처음 만났다. 자신을 아예 모르던, 아주 신기한 아이였고, 지나치게 순수한 마음과, 그 순수함과 정반대되는 사려 깊음에,

생각이 깊음에 놀랐고, 끌렸다.

그런 유은재를 처음 만난 날은, 3월인데도 영하의 날씨였던 3월 초순이었다. 그런 은재와 사고로 헤어졌다가 그녀를 다시 찾은 곳은 노르웨이의 작은 시골 도시였다. 그때도 추운 날이 었지만, 은재가 있던 곳은 더욱 추운 곳이었다.

겨울.

차가움.

두 사람이 만남에 빠지지 않았던 단어들이었다.

"좋아. 우리… 겨울에 결혼하자. 흐흐!"

은재는 기쁜 듯이 웃었다.

그리곤 손을 뻗었다.

지영은 그 손을 맞잡았다.

따뜻했다.

햇살을 닮은 은재의 미소처럼.

짹! 짹짹!

귓가를 아련히 맴도는 새소리에 지영은 천천히 눈을 떴다. 지저귀는 새소리에 지영이 눈을 뜨자 은재도 으음, 작은 신음과 함께 눈을 떴다.

"깼어?"

"응… 흐흐."

지영의 말에 은재는 수줍게 웃으며 대답했다. 지영은 그런 은재의 볼을 조심스럽게 쓰다듬었다. 사랑스러웠다. 마침 커튼 사이로 비추는 햇살이 은재를 밝히고 있어서, 그런 감정이 훨씬 증폭됐다.

"근데 졸려. 어쩌지?"

"어쩔래? 더 잘래? 난 그럼 아침준비하고."

"으응… 더 이러고 있을래. 흐흐, 너무 좋아, 지금……."

은재는 그렇게 대답하며 지영의 품속으로 좀 더 파고들었다. 서로의 살이 닿으며 체온이 느껴졌다. 에어컨을 틀어놓고 자서 피부로 느껴지는 따뜻함이 훨씬 배가됐다. 둘은 한참을 안고 있었다.

그러다 지영의 팔이 저려올 때쯤, 은재가 말문을 열었다.

"지영아, 있지."

"응?"

"나는 이 세상이 공정한 세상이 되었으면 좋겠어."

"공정한 세상?"

갑자기 뜬금없이?

지영이 그런 생각을 머릿속으로 하는 순간 은재가 부연했다.

"그래서 나처럼 불편한 사람도 자연스럽게, 아무런 편견 없이 사랑받는 세상이 왔으면 좋겠어."

"······."

그 말에 지영은 일단 잠자코 들었다.

"그래서 남들처럼 행복을 영위했으면 좋겠어."

"그래, 올 거야. 그런 날."

지영이 그렇게 대답해 주자 은재는 고개를 도리도리 저었다.

"아니, 오기 힘들다는 걸 알아. 그래서 그런 세상이 왔으면 좋겠다는 꿈을 꾸는 거야."

"······."

하긴······.

지영은 역사의 산증인이다.

증명할 방법만 없을 뿐이지, 세계의 역사가 어떻게 흘러왔는지 다른 누구보다 지영이 가장 잘 알고 있었다. 그런 역사 속에 공정함이란, 사실상 없는 단어였다. 신분, 돈, 힘, 이런 것들에 위해 언제나 계급이 나눠져 있었고, 삶의 질은 반드시 계급마다 차이가 났었다. 그건 불변의 진리였다.

현대사회에 이르러 그러한 신분제도가 많이 퇴색되긴 했지만, 그래도 여전히 남아 있었다. 심지어 인도만 하더라도 계급 사회가 아주 뚜렷했다. 대한민국? 솔직히 말하면··· 여전히 남아 있었다.

은새는 그 부분을 확실하게 인지하고 있었다.

"그런 날이 오길 바라지만, 그런 날이 오기 힘들다는 걸 알아. 그래서 나는 되도록 많은 사람들에게 평범한 행복을 영위할 수 있는 기회를 주고 싶어. 그게 내 궁극적인 꿈이야."

"멋지네, 우리 은재."

"흐흐, 내가 좀 멋지긴 하지? 그런 의미에서 난 참 다행이야."

"뭐가 다행인데?"

"너를 만났잖아. 흐흐."

"……"

낯 뜨거운 말이었다.

지영이 침묵하자 은재는 다시 지영의 품으로 파고들었다. 그리곤 마치 소곤거리듯이, 주문을 읊조리듯이 말을 이었다.

"나를 있는 그대로 봐주고, 나를 있는 그대로 느껴주는 사람. 지영이 넌 그런 사람이잖아. 그래서 지금 이 순간, 우리가 함께 있는 거고."

그랬었다.

지영은 유은재란 한 사람의 인간을 있는 그대로 보고, 느꼈고, 사랑에 빠졌다. 그리고 그건 은재도 마찬가지였다. 그녀도 지영을 편견 없이, 사심 없이 바라봐줬다.

"나도 그런 생각해. 너도 그랬으니까."

"흐흐, 근데 만약 내가 널 알면서도 모른 척한 거면?"

"내 감을 속이고?"

"아… 그건 힘들겠네. 흐흐."

실없이 웃는 은재를 지영은 다시 꼭 끌어안았다.

서로 감정을 교감하고, 체온을 나누는 일, 연인들에게는 하등 신기한 일도 아니었지만 두 사람은 이 순간이 오기까지 너무나 많은 우여곡절을 겪었다. 범인은 상상하기도 힘든 일을 무수히 겪었다.

그래서 이 순간이 너무나 소중했다.

"아, 너무 좋아……. 눈을 떴을 때 항상 이랬으면 좋겠어. 지영이 니가 옆에 매일, 항상 있었으면 좋겠어."

"곧 그렇게 될 거야."

"흐흐, 생각만 해도 좋아."

피식.

너무나 행복해하는 은재 때문에 지영도 덩달아 기분이 좋아졌다.

"졸리다……."

"더 자."

"응……."

그렇게 대답한 은재는 눈을 감았다. 그리고 잠시 뒤 새근새근 잠에 빠져들었다. 지영은 그런 은재를 한참을 보다가, 조심스럽게 일어나 침대를 벗어났다. 거실로 나온 지영은 샤워를 하고 별장을 나왔다.

그리곤 어제 먹고 그대로 놓았던 것들을 치우기 위해 움직였다. 30분에 걸쳐 깨끗하게 치운 지영은 앞뒤로 기분 좋게 움직이는 흔들의자에 앉았다.

사르르.

나뭇잎이 바람에 흔들리는 소리가 들려왔다.

치익.

"후우……"

"이것도 이제 끊어야 하는데……"

이미 버릇이 되어버렸다.

지영은 쓴웃음을 지으며 불을 붙였던 담배를 다시 재떨이에 비벼 껐다. 그리곤 의자에 등을 깊게 묻었다. 스쳐 가는 바람이 머리카락을 살랑살랑 건드렸다. 지영은 눈을 감았다. 잠이 솔솔 몰려왔다.

잠을 잘까 하던 지영은 고개를 털어 잠을 쫓아내고, 다시 별장으로 들어갔다. 늦은 아침을 준비해야 할 시간이었다.

＊　　　　＊　　　　＊

3박 4일을 함께한 두 사람은 별장을 떠나 바로 서울의 집으로 돌아왔다. 그리고 그날 저녁, 강상만과 임미정에게 두 사람의 미래를 밝혔다. 갑작스러운 결혼? 강상만과 임미정에게는 그렇게 느껴지지 않았다.

이미 한 집에서 함께 산 기간이 상당했고, 두 사람 다 은재를 이미 며느리로 생각하고 있었다.

"그렇구나. 그보다 괜찮겠느냐? 연예인에게 결혼은 민감하다고 들었다만."

강상만의 말에 지영은 생각하던 바를 설명했다.

"아무리 제 팬이라고 해도 떠날 사람들은 떠나겠지요. 하지만 아버지도 잘 아시잖아요. 제가 그런 거에 연연하는 성격이 아니라는 걸."

"그렇지, 내 아들은 그런 걸 신경 쓰는 성격이 아니지. 은재 생각도 충분히 했고? 분명 욕하는 사람들이 있을 거다."

그 말에는 은재가 직접 대답했다.

"저는 괜찮아요. 그 정도 욕이야 이미 뭐… 충분히 먹었잖아요. 그리고 저 생각보다 강해요. 겨우 그 정도로 흔들리지 않을 자신 있어요."

차분한 은재의 대답에 강상만과 임미정은 슬며시 미소 지으며 고개를 끄덕였다. 두 사람이 은재를 좋아하는 이유 중에 저 밝음과, 그 속에 깃든 단단한 정신을 최고로 쳤다. 모나게 컸을 만도 한데, 은재는 처음부터 그런 마음이 하나도 없었다. 오히려 남들보다 더욱 노력했고, 자신의 분야에서 최고의 위치까지 갔다. 범인으로서는 힘든 노력과 과정이었다. 그 과정에서 별의별 욕을 다 먹었다.

사생아.

더러운 피.

등등… 차마 입에 담기 힘든 욕설을 들었지만 은재는 굳건했다. 힘들어야 했지만 그건 그때 잠깐이었다. 그 외에는 언제나 항상, 밝은 모습을 유지했다. 꾸며낸 밝음이 아닌, 진실된 밝음이었다.

"이제는 정말 며늘아기가 되겠구나."

"헤헤……"

강상만이 푸근한 눈빛으로 한 말에 은재는 특유의 웃음 말고, 헤픈 웃음을 흘렸다. 그런 두 사람을 흐뭇하게 보던 임미정이 지영을 향해 물었다.

"그래서 식은 언제 올릴 생각이니?"

"겨울로 생각하고 있어요."

"겨울?"

"네, 은재 학원일도 좀 안정화되고, 저도 '솔' 끝나고 나면 겨울 될 것 같아서요."

"음… 촉박하진 않겠니?"

"'솔' 들어가기 전에 다 끝내야죠."

"그래, 지영이 니가 어련히 알아서 잘하겠지."

임미정도 자상하게 웃으며 고개를 끄덕였다. 어려서부터 워낙에 혼자 척척 알아서 잘했던 지영이었다. 흔히 말하는, 하지만 혼하지 않은 손이 안 가는 자식이 딱 지영이었던 거다. 그래서 임미정은 이번에도 지영을 믿었다.

"집은 어쩔 작정이냐."

"이 근처에 적당한 집 하나 구해서, 리모델링 싹 할까 해요."

"흠… 그래. 그렇게 하면 나쁘진 않겠구나."

은재와 결혼하면 지영은 당연히 분가를 할 생각이었다. 그리고 그러기 위해선 당연히 집이 필요하고, 불편한 은재를 위해서 싹 뜯어 고칠 생각이었다. 그리고 지연이와 부모님을 위해 가능하면 이 집 근처에 신혼집을 차릴 생각이었다.

"지연이가 많이 슬퍼하겠네."

"헤헤, 대신 근처에 잡을게요. 언제고 놀러올 수 있게!"

"호호, 그래줄래?"

"물론이죠! 꼭 그렇게 할게요. 헤헤."

"그래, 고맙구나. 그런데 은재 너 은채 양이나 김 회장님에게는 말했니?"

임미정의 말에 은재는 멈칫했다.

사실 지영의 부모님은 당연히 허락해 줄 거라는 걸 알고 있었다. 애초에 딸처럼 생각해 주는 두 분이기 때문이었다. 하지만 은재는 넘어야 할 산이었다. 여제 김조선은 몰라도, 김은채는 결혼한다고 하면 눈에 쌍심지를 확! 켜고 달려들 것 같았다.

"아하하… 아직이요, 아버님이랑 어머님한테 먼저 말씀드리는 게 순서잖아요. 허락해 주시면 내일이라도 바로 말하려고요."

"은채 양이 순순히 그러라고 하려나 모르겠네. 널 끔찍이도 아끼잖니."

"절 아끼니까 처음에는 방방 뛰어도 나중엔 허락해 줄 거예요. 아시죠? 은채 언니가 좀 츤데레잖아요. 히히."

"호호, 은채 양이 좀 그렇긴 하지."

임미정이 봤을 때도 김은채가 은재를 대하는 모습에선 츤데레기가 가득했다. 하지만 그 안엔 정말 은재를 걱정, 사랑하는 마음도 가득했다.

"아비가 봤을 땐 좀 틱틱거리긴 하겠다만, 그래도 이해는 해 줄 것 같구나."

"제 생각도 그래요. 뭐… 저한테 욕 좀 하고 끝날 거예요."

"그 정도는 그냥 이해하거라. 두 사람이 워낙에 특별하잖냐."

"네, 그럴 생각입니다."

이미 김은채에게 욕먹을 각오는 끝낸 지영이었다.

"참, 아버지는 올해 말 총장직을 내려놓을 예정이다."

"네?"

갑작스러운 강상만의 말에 지영이 놀란 눈으로 반문했다.

"너도 알고 있지 않았느냐. 이미 예전부터 안 좋은 말들이 조금씩 돌았다. 그런데 너희 둘이 결혼을 올리면 그런 말이 더욱 나올 게다. 이 기회에 총장직을 내려놓고, 아빠도 좀 편하게 살 생각이다."

"……."

아… 이건 생각 못 했다.

확실히 강상만의 말처럼 지영과 은재의 관계, 은재와 김은채 및 대성그룹간의 관계 때문에 검찰이 대성을 봐주는 게 아니냐는 말이 나돌았었다. 이는 오성의 공작도 아니었다. 솔직히 의심하고도 남는 관계가 맞았기 때문이었다. 물론 강상만이 대성그룹을 봐준 적은 없었다. 대쪽 같은 그의 성격상, 대성그룹을 더욱 혹독하게 몰아붙였으면 몰아붙였지, 절대 봐줄 위인이 아니었기 때문이다.

어쨌든 그런 상황에 지영과 은재가 결혼을 하면?

은재가 대성일가에 호적을 두고 있진 않아도 이는 총장 가문과, 대성그룹이 사돈으로 맺어진다는 인식을 아주 강하게 줄 것이다. 강력한 권력기관의 총장과, 재계의 제국의 결합은 당연히 이런 저런 얘기를 엄청나게 생성할 것도 자명했다.

"죄송합니다, 그 부분까지는 생각을 못 했어요."

지영은 바로 사과를 했다.

하지만 강상만은 고개를 저었다.

"아니다. 이미 대통령님과도 말이 끝난 일이다. 안 그래도 올해 말이나, 내년 초에 사임할 예정이었다."

"그래도……."

"이제 이 아비도 좀 쉬어야 하지 않겠냐. 다행히 그만두어도 아버지가 일할 곳이 두 군데나 있지 않느냐."

"아……."

지영은 은재와 임미정을 바라봤다.

은재의 학원이 곧 문을 열고, 지영의 수익으로 임미정이 운영하는 재단도 있었다.

"그러니 넌 그런 생각 말고, 은재와 식 올리는 거 늦추지 말거라."

"…네."

강상만의 말에 지영은 고개를 끄덕였다.

이렇게 강하게 얘기하는데 아니에요, 결혼 물릴게요. 할 수가 없었다.

"아가, 너도 걱정하지 말고. 결혼에 집중하도록 해."

"네… 아버님."

강상만의 엄한 말에 은재도 순순히 고개를 끄덕였다. 평소 저렇게 목소리를 내는 적이 없는 분인지라, 지영도 은재도 고개를 흔들 수가 없었다.

"고맙구나. 이제 마음이 편해졌어. 허허."

"……."

그제야 다시 밝게 웃는 강상만을 보며 지영은 참… 이번 생엔 너무나 소중한 인연들과 만났다는 생각이 다시 한번 들었다. 좀 더 얘기를 나누던 지영과 은재는 거실로 나와 짐을 풀기 시작했다.

유선정이 은재의 짐을 풀면서, 가방에 있던 휴대폰을 줬고, 은재는 잠시 머뭇거리다가 전원을 켰다. 그리고… 예상했던 대로, 집착에 가까운 김은채의 부재중 전화와 메시지를 확인할 수 있었다.

"……."

"……."

이른 아침, 강상만과 임미정이 출근하자마자 집으로 들이닥친 김은채가 뿜어내는 냉기에 지영과 은재는 오랜만에 몸이 으스스 떨리는 경험을 했다. 착 가라앉은 눈빛에, 입술 끝이 비틀린 걸 보니 속이 꼬여도 아주 제대로 꼬인 것 같았다. 그래서 눈에서 한기가 아주 주륵주륵 흘렀다.

김은채의 성깔 정도야 웃으면서 무시할 수 있는 지영이지만, 은재 때문에 이 분위기에 조용히 동참해 주기로 했다.

은재는 두 손을 무릎에 모으고, 고개를 숙이고 있었다. 지영은 잠깐 한숨이 나오려는 걸 참았다.

'이건 뭐 죄인도 아니고……'

지영은 이런 분위기가 싫었다.

잘못한 것도 없는데 잘못했다고 말해야만 할 것 같은 이런 분위기가 말이다. 성인이다. 게다가 연인 사이고. 그러니 언젠가는 벌어졌을 일이었다. 가벼운 사이도 아니다. 결혼하기로 이미 약속을 한 사이고, 구체적인 시기를 정한 것은 물론이고, 지영의 부모님에게 이미 말까지 드렸다.

"하아……."

그런 생각을 하는데 김은채가 한숨을 크게 내쉬었다. 그녀답지 않은 큰 한숨에 지영이 김은채를 보니 고개를 절레절레 젓고 있는 게 보였다.

"뭐, 이미 지나간 일은 됐고……. 우리 강지영 씨, 이제 어떻게 하고 싶은지 듣고 싶은데?"

"어쩐 일이냐? 이렇게 순순히 넘어가고?"

"시간을 되돌린 순 없잖아. 그러니 어째, 넘어가야지. 대신! 이 앞이 중요해. 나 진짜 미치는 꼴 보기 싫으면 대답 잘해라."

예상과는 다른 반응에 은재는 고개를 번쩍 들고 어리둥절했고, 지영은 특유의 실소를 흘렸다.

"어, 언니?"

"넌… 후우. 됐다. 야, 어떡할 거냐고!"

김은채는 은재에게 뭐라고 하려다가 다시 입을 다물고, 대신 지영에게 날카롭게 쏘아붙였다.

"결혼할 거야."

"결혼?"

"그래, 은재 학원 안정 좀 찾고, 나 '솔' 다 찍고 나서. 겨울쯤 될 거야."

"겨울이라… 진짜지?"

"그래, 올해는 안 넘길 생각이야. 우리 아버지랑 어머니한테는 이미 어제 말씀드렸고, 허락도 받았어."

"……."

김은채는 지영의 말문이 막혔는지 잠시 침묵했다. 그러다 잠시 혼잣말로 중얼거렸다.

"진도 겁나 빠르네……."

그러더니 마지막으로 대박… 하고 중얼거렸다.

"풉."

은재가 그 모습에 웃음을 흘리자 김은채가 고개를 번쩍 들었다.

"웃어? 웃음이 나와? 이 언니는 지금 심각해 죽겠는데!"

"에이, 언니. 한번 봐주라. 응?"

휠체어를 움직여 얼른 김은채의 곁으로 간 은재가 딱 달라붙어 애교를 부리자 앙칼지게 떴던 눈이 바로 사르르 풀렸다.

'동생 바보네……'

쯔쯔, 지영은 속으로 혀를 찼다.

알고 있었지만 볼 때마다 신기한 모습이었다.

"넌 진짜 이럴 때만……!"

"헤헤, 아잉. 응?"

"하아… 내가 너한테 뭔 말을 하겠니."

결국 김은채는 포기하고 다시 고개를 절레절레 저었다. 그런 김은채의 모습이 웃겼는지 은재는 또 씩 웃고는 지영을 살짝 돌아보며 회심의 미소를 지었다. 하지만 그걸 김은채가 보곤 바로 응징이 떨어졌다.

콩!

"아야!"

"까불지 마. 언니가 몰라서 봐주는 거 아니니까."

"응… 헤헤."

"자리로 가. 얘기 마저 해야지."

"응!"

후다닥!

은재는 익숙한 손놀림으로 날렵하게 지영의 옆으로 움직였다. 그런 은재와 지영을 번갈아 보던 김은채는 다시 한숨을 내쉬었다.

"하아. 일단 결혼하기로 했으니까… 넘어가고, 집이나 이런 건?"

김은채의 질문에 은재가 어제 지영이 부모님께 전했던 말을 거의 똑같이 전달했다. 그러자 묵묵히 듣고 있던 김은채는 얘기가 다 끝나고 나자 고개를 끄덕였다.

"좋네. 지연이랑 떨어지는 게 나도 좀 마음에 걸렸는데."

"헤헤, 지연이 예쁘지?"

"응, 누구랑은 다르게."

그 누군가가 본인임을 아는 지영은 그냥 어깨를 으쓱했다. 솔직히 이 타이밍에 태클 한번 걸어주고 싶지만 오늘만큼은 참기로 했다.

"그럼 집은 지금 준비하면 될 거고, 혼수는 나랑 은재랑 보면 되고, 또 예식장은… 아, 다 부를 건 아니지?"

"지인들만 불러서 소소하게 하려고."

"좋은 생각이야. 너 결혼 기사 터지면 일단 사회적 파장이 만만치 않은 거야 당연한 거고, 어떻게든 니 결혼식 오려고 정재계 인사들이 아주 미쳐 날뛸 거다. 그러니 진짜 친한 지인들만 불러서 조용하게 하는 게 좋을 거야."

피식.

그 정도야 지영도 충분히 생각했었다.

아직은 누구에게도 말하지 않았지만 그날은 딱 지인들만 불러서 식을 올릴 생각이었다. 그런 지영의 마음을 은재도 충분히 이해하고 있었다.

"말 안 해도 그렇게 할 거다."

"흥!"

"왜 또 성질이야?"

"그냥, 넌 그냥 마음에 안 들어! 흥!"

고개를 홱 돌리기까지 하는 김은채의 모습은 확실히 토라져 보였다. 감정 기복이 정말, 어디로 튈지 모르는 탱탱 볼 같았다. 한참을 팔짱을 끼고 그러고 있던 김은채가 다시 고개를 돌려, 진지한 얼굴로 은재를 바라봤다.

"은재야."

"응, 언니."

"마음 정한 거지?"

"응, 정했어."

"그래, 알겠어."

스윽.

백을 챙겨 김은채가 자리에서 일어나자 은재는 눈을 동그랗게 떴다.

"어디 가?"

"고모한테 말씀드리러. 니가 할래?"

"아니……."

은재는 바로 고개를 도리도리 저었다.

바로 김조선에게 전화를 걸며 은재 방으로 들어간 김은채가 다시 나온 건 10분쯤 지나서였다.

"나갈 준비들 해."

"어? 왜?"

"고모가 오래."

"……."

"지금 바로."

"응……."

은재는 휠체어를 굴려 방으로 들어갔다. 은재가 들어가는 걸 본 지영도 자리에서 일어났다. 은재를 불렀으면 자신도 같이 불렀을 것이라 생각해서였다.

"빨리 준비하고 나와."

"응."

지영은 바로 샤워를 하고, 나갈 준비를 했다. 지영의 외출 준비야 언제나 그렇듯 특별한 게 없어 30분 안에 전부 끝났다. 밖에 나와서 20분쯤 더 기다리자 유선정의 도움을 받아 외출 준비를 끝낸 은재가 나왔다.

"어때?"

은재가 배시시 웃으면서 묻자 지영도 웃으며 대답했다.

"예뻐."

"흐흐."

"꼴깝을 떤다, 꼴깝들을 떨어… 쯔쯔."

혀를 차는 김은채를 무시하고 세 사람은 바로 나가 차에 올랐다.

"주소 찍어줄 테니까 거기로 와."

"알았어."

문을 닫고 잠시 기다리자, 김은채가 주소를 보냈고 그 주소를 네비에 입력하곤 지영은 바로 차를 출발시켰다.

✳   ✳   ✳

여제, 김조선.

대한민국 굴지의 대그룹이자, 제국이라 불리는 대성을 이끄는 총수는 그때 집에서 봤던 때와는 완전 딴판이었다.

서울근교의 한 회원제 요정에서 만난 김조선은 여성임에도 마치 왕의 기세를 내뿜고 있었다.

'제국을 이끄는 여자답네.'

괜히 세인들에게 여제라는 칭호를 받은 게 아니었다.

가족을 만나는 게 아닌, 마치 적을 대하는 것 같은 기세를 뿜어내고 있었다. 지영은 왜 이러한 기세를 뿜고 있는지 당연히 알고 있었다. 다만, 그 때문에 은재가 매우 위축되어 있었다. 천하의 유은재도 버티기 힘들 정도의 기세라 어깨를 한껏 움츠리고, 고개까지 숙이고 있는 은재를 보자 지영은 슬슬 짜증이 나기 시작했다.

피식.

이건 시험이다.

반은 다른 오성의 핏줄이 아니기는 하나, 자신의 조카를 데려갈 남자를 실험대에 올려놓고 어울리나 안 어울리나 보겠다는 심산이었다.

'알고 있으면서 굳이 이렇게까지 한다는 건……'

확실하게 보고, 듣고 싶다는 게 있다는 뜻이었다.

여제는 제국의 황제치고는 그렇게 매너가 없는 사람이 아니니, 지영은 일단 이 실험을 받아주기로 했다.

"은재야, 잠깐 나가 있을래? 회장님께서 나한테만 묻고 싶으신 게 있는 것 같은데."

"아… 응? 어, 그게……"

은재가 제대로 대답을 못 하고 우물쭈물하자 지영은 다시 김조선을 바라봤다.

"은재 잠깐 내보내겠습니다."

"그렇게 하세요, 은채야, 은재랑 잠깐 나가 있으려무나."

그 말에 김은채가 바로 움직여 은재를 데리고 밖으로 나갔다. 두 사람이 나가고, 방문이 닫히는 걸 확인한 지영은 김조선에게 시선을 똑바로 맞췄다.

드르륵!

그리곤 아주 오랜만에 서랍을 열었다.

화르르……

지영의 기세가 일시에 변하기 시작하자 김조선의 눈매가 꿈틀거렸다. 이 사람도 난사람이었다. 범인과는 아예 거리가 먼, 제왕의 기질을 가진 인간인지라 지영의 기세를 즉각 눈치챘다. 그래서인지 입술이 슬며시 비틀렸다.

"역시, 지영 씨는 범상한 인간이 아니군요."

"회장님이 그런 말을 하시니 낯간지럽네요."

"미안해요. 아까의 무례는 사과드릴게요."

슥.

자리에서 일어난 김조선이 정중히 허리를 숙였다. 지영도 마주 고개를 숙여 그 인사를 받았다. 그러면서도 속으론 감탄했다. 무례인지 알면서도 저질렀고, 그걸 인정하고 즉각 사과한다. 이게 과연 쉬운 일일까?

당연히 아니었다.

높은 위치에 있는 사람일수록, 허리를 숙이는 건 굉장히 많은 의미를 가지기 때문에 절대 쉽지 않았다. 특히 김조선 정도 되면, 그녀의 행동, 표정, 몸짓 전부가 의미가 부여된다. 그

중에서도 허리를 숙이는 일은… 엄청난 가십을 생산할 수 있는 행동이라 극히 자제하게 된다. 그런 세상이다. 여제, 김조선이 사는 세상은.

"은재를 잘 지켜줄 남자인지, 확인해 보고 싶었어요."

"알고 있습니다."

"근데 더 확인 안 해봐도 될 것 같네요."

"만족하셨습니까?"

"네, 더없이. 가능하면 우리 은채랑 엮어주고 싶을 정도로."

김은채랑?

피식.

김조선의 솔직한 말에 지영은 정말 너무나 솔직한 심정으로, 실소를 흘렸다. 김은채가 죽자고 달라붙어도, 둘이 너무 상극이라 지영이랑은 절대 안 될 것이다.

"진심이에요."

"죄송합니다."

"후후, 그럴 거라 생각했어요."

거대 제국의 꼭대기 층에 사는 김은채. 그녀와 결혼한다는 것은 곧 제국을 손에 넣을 확률이 엄청나게 높아진다는 뜻이었다. 하지만 당연히 지영은 제국에는 관심이 조금도 없었다.

후릅.

지영이 차를 한 잔 마시고 나자 김조선이 나직한 목소리로 물었다.

"식은 언제 올릴 예정인가요?"

"겨울에 올릴 생각입니다."

지영은 그 말을 한 뒤에 강상만과 임미정, 그리고 김은채에게 했던 얘기를 똑같이 전달했다. 지영의 얘기를 다 들은 김조선은 조용히 고개만 끄덕였다.

"구체적인 얘기까지 잘 들었어요. 하지만 세간에서는 결코 조용하지 않을 거예요. 무슨 뜻인지 아시죠?"

"그래서 아버지께서는 겨울에 총장직 사퇴를 생각하고 계십니다. 이미 대통령님과 얘기도 끝났다는군요."

"그래요? 흠… 최선의 결정이긴 하지만, 조금은 아깝네요."

무엇이 아깝다는 걸까?

사업가에게 검찰의 힘이란, 엄청나게 많은 의미를 가진다.

지영은 그게 뭔지도 아주 잘 알았다.

"설사 그 자리에 계속 계셨다고 하더라도 아버지는 절대 봐주지 않으셨을 겁니다."

"후후, 알죠. 강상만 총장님의 대쪽같이 정의로운 마음은. 그리고 저도 그런 뜻으로 얘기한 게 아니에요."

"그럼 무슨 뜻이었습니까?"

"이제야 겨우 검찰이란 조직이 정상적으로 돌아가는데, 총장님이 물러나시면 다시 예전으로 돌아갈 것 같아서 그래요.

그리고 검찰이 정상적인 기능을 하는 것만으로도 우리 대성에겐 큰 힘이 된답니다. 대성은 책잡힐 일이 거의 없거든요. 중원도 그렇고. 다만 오성은 책잡힐 게 많아 검찰의 힘을 반드시 얻고 싶어 한답니다."

"아버지가 있는 것만으로도 중간에서 조정이 되는 거군요."

"네, 맞아요. 그래서 가능하면 임기가 끝날 때까지 계셨으면 했지만… 어쩔 수 없죠. 자식을 생각하는 아버지의 마음을 누가 꺾겠어요."

"후우, 저도 그래서 받아들였습니다. 못 꺾겠더라고요."

"후후, 그게 아버지란 존재죠."

맞다.

그게 아버지란 존재였다.

지영이 씁쓸한 미소를 베어 물자 김조선은 씩 웃고는 폰을 꺼냈다.

"은채야, 이제 들어오렴."

뚝.

용건만 전하고 전화를 끊고 잠시 뒤 김은채와 은재가 안으로 들어왔다. 김조선은 은재가 들어오자 자리에서 일어나 그녀에게 다가가, 허리를 숙여 꼬옥 안았다.

"축하해, 우리 은재."

"…힝……."

강상만과 임미정 앞에서도 터지지 않았던 눈물이, 김조선 앞에서 터졌다. 지영은 그게 핏줄이 가진 힘이라고 생각했다. 혈육의 정. 지영은 은재의 눈물이 이해가 갔다. 그래서 그 어느 때보다 따뜻한 미소를 그렸다.

Chapter91
솔 오디션

일사천리.

김조선에게 허락을 받고, 이틀 뒤 바로 양가 상견례를 치렀고, 지영과 은재의 결혼식 준비는 매우 빠르게 준비가 되기 시작했다. 물론 은재는 학원 문제로 많은 시간을 쓰진 못했지만 지영 혼자서도 충분히 이것저것 준비할 수는 있었다.

일단은 집.

마침 집에서 500미터 정도 떨어진 곳에 좋은 매물이 나왔고, 지영은 은재, 부모님들과 함께 집을 둘러보고 바로 계약했다. 집 내부는 지금 살고 있는 집과 매우 흡사했다. 그래서 적응하기에 어렵지 않을 것 같았다. 다만, 내부 인테리어는 처음부터 다시 싹 뜯어 고칠 필요가 있었다.

계약을 하고, 금액을 치르고 난 뒤 지영은 바로 김은채의 도움을 받아 전문가들을 섭외, 내부 인테리어를 맡겼다. 몇몇 군데를 빼고 나면 전부 은재에게 맞춘 인테리어였다. 은재는 그러지 않기를 바랐지만, 두 사람의 일상적인 삶을 위해서는 어쩔 수 없는 선택이었다. 집이 준비가 되기 시작하자, 다른 부분은 사실 거의 끝난 거나 마찬가지였다. 혼수야 은재와 김은채가 직접 한다고 했으니 지영이 나설 일은 없었다.

드레스도 아직이었다.

겨울이니, 그리 급하게 고를 필요가 없었다.

집 준비를 끝내자 남은 건 이제 다시 서로의 일에 충실할 뿐이었다. 지영은 '솔'의 준비에 들어갔다.

영화 제작 쪽으로 문외한인 은재는 '솔'의 준비를 전문가들에게 전부 맡겼다. 그리고 그걸 총괄적으로 지시, 결정하는 사람은 당연히 김은채였다. 키다리 아저씨 '윤' 역할은 지영이 맡기로 이미 결정이 났고, 솔 역할이 문제였다. 모든 걸 맡겼지만, 은재는 이 역을 맡을 배우만큼은 자신이 직접 보고, 결정하고 싶다고 했다. 지영이나 김은채는 당연히 고개를 끄덕였고, 업계에 캐스팅 디렉터들에게 의뢰를 넣었다.

은재가 원한 건 하나였다.

솔.

그 자체인 배우였으면 좋겠다고.

그렇기 때문에 첫 번째 조건으로는 대중에 알려지지 않았어야 한다는 점이었다. 그럼 당연히 신인을 발굴해야 하는데, 배우라는 게 어디 하늘에서 뚝 떨어지는 게 아닌지라 '솔' 역을 맡을 배우를 찾는 일은 매우 어려워 보였다.

그래도 일단 디렉터들이 자신의 보드에 이름을 올린 배우들의 오디션을 대대적으로 보는 걸로 결정이 났다.

하지만 그 전에, 은솔학원이 먼저였다.

8월 초, 드디어 은솔학원이 모든 준비를 마치고, 문을 열었다.

사회 각층의 인사들이 전부 초대될 거라는 예상은 보기 좋게 빗나갔고, 대성그룹의 회장 및 수행비서들, 그리고 은솔학원의 초대 학생이 될 학생들과, 그 학생들을 가르칠 교사진, 학원을 운영할 운영진과 기자들만 참석한 가운데 입학식은 조용히 치러졌다. 이 자리에 오고 싶어 하는 국회의원의 수가 세 자리수를 넘겼지만 그들은 정문에서 모두 돌아가야만 했다.

은재가 절대로 시끌벅적하게 하고 싶지 않다는 뜻을 밝혔기 때문이었다. 그러한 결정을 지영도 동의했다. 누군가에게 보여주기 위해 학원을 연 게 아님을 너무나 잘 알기 때문이었

다. 그래서 아주 간소하게 딱 입학식만 진행하고, 모든 행사가
끝났다.

"밝네."

지영은 점심시간에 식당에서 밥을 먹고 있는 50여 명의 아
이들을 보면서 무심코 중얼거렸다. 그러자 옆에 있던 은재가
흐흐, 하고 웃었다.

"그치? 처음에 쟤들 보면서 많이 울었는데, 저렇게 웃고 있
는 거 보니까 너무 좋아."

은재의 말에 지영은 고개를 끄덕였다.

아닌 게 아니라, 은재는 정말 저 아이들을 뽑으면서 너무 많
이 울었다. 나이는 1학년부터 6학년까지 전부 제각각이었지만
정말 탈이 엄청 많았던 아이들이었다. 그런 문제는 아이들의
심성이 나빠서가 아니라, 아이들을 바로 옆에서 지켜줬었던
어른들 때문에 생긴 문제들이었다. 그래서 상처가 많았다.

하지만 그럼에도 웃으려고 노력하는 아이들이었다.

정부 보조금을 악덕으로 사용하려고 희망의 집을 열었던
사악한 인간들에게 또 다시 상처를 받은 아이들이었다. 전국
에 그런 곳이 어디 한두 개가 아니겠지만 은재는 가장 심각한
세 곳을 합법적인 방법으로 문을 닫게 하고, 대신 그 아이들
을 학원생으로 받아들였다. 그렇게 아픔이 많던 아이들이 이
제는 웃고 떠들고, 티 없이 맑은 모습으로 밥을 먹고 있었다.

그 모습을 보니 괜히 지영도 뿌듯했다.

와자지껄.

식당은 한없이 소란스러웠음에도 뭉게뭉게 피어나는 행복한 기운은 가히 최고였다.

"좋아? 아주 입이 찢어지네?"

"응, 좋아. 흐흐!"

옆에서 같이 밥을 먹던 김은채의 말에 은재는 푼수떼기처럼 웃었다.

"그래, 웃으니까 나도 좋다. 밥이나 먹어, 이것아. 언제까지 애들만 보고 있을 거야? 으이구. 국도 다 식었네."

김은채는 그렇게 말하더니 은재의 국그릇을 들고 자리에서 일어났다. 그러자 그녀의 비서가 저 멀리서 밥을 먹다 말고 일어나 쪼르르 달려왔지만 김은채는 손짓으로 그녀를 물리고, 직접 배식대로 가서 국을 다시 받아 왔다.

"자, 여기. 너 국에 손도 안 댔으니까 나 음식 버리거나 한 거 아니다?"

"응응, 언니. 고마워."

"하여간 이럴 때만 언니지. 얼른 먹어. 점심 먹고 할 일도 많잖아."

"응!"

은재는 그제야 식사를 시작했다.

점심을 다 먹은 지영은 은재와 인사를 하고 바로 서울로 향했다. 서울로 향하던 중 인터넷을 확인하자 은재의 이름으로 온통 도배되어 있는 걸 확인할 수 있었다. 그래도 좋은 기사들만 가득해 지영은 기분 좋게 웃을 수 있었다.

서울로 돌아온 지영은 바로 오디션 장으로 향했다. 오디션 장에 도착하자 이번 작품의 메가폰을 쥘 이민정 감독이 먼저 와서 기다리고 있었다. 그녀는 한여름인데도 딱 달라붙는 스키니 청바지에 구두, 그리고 하늘거리는 블라우스를 입고 여배우보다 훨씬 더 강렬한 포스를 풍기고 있었다.

힐끔, 대본을 보던 그녀가 문을 열고 들어온 지영을 발견하곤 환히 웃었다.

"우리 은인 왔어?"

"은인은 또 뭐예요?"

"덕분에 천만 작품 입봉했잖아. 후후."

피식.

그 말에 지영은 실소를 흘리고 말았다.

확실히 그렇긴 했다.

이민정 감독의 전작, 지영, 서원, 황정만, 임수민 주연의 '그 시절 우리들이 피웠던 꽃'은 청춘 로맨스 영화 최초로 천만을 넘겼다. 천백 만을 겨우 넘겨 지영이 찍은 작품 중에서는 가장 관객 수가 적었지만 그건 한국 한정이었다. 오히려 이 작품은 중국부터 시작해 일본, 대만, 홍콩 등 아시아 지역을 휩쓸었다. 그리곤 이제 유럽에서도 슬슬 돌풍이 불기 시작했다. 총 누적 관객이 무려 7천만에 가깝다는 기사가 얼마 전에 나왔을 정도로 세계적인 흥행을 기록하고 있었다.

그런 작품을 만들어낸 임수연과 작가와 이민정 작가에 대한 관심도 당연히 덩달아 올라가고 있었다. 그러니 지영은 그녀에게 은인이나 다름없었다.

"감독님 능력이죠, 뭐."

"니가 그 시나리오를 가지고 나를 불러주지 않았다면, 오늘의 나는 없었어. 앞으로 내가 두고두고 갚을게, 진짜."

"……."

지영은 그 말에 그냥 웃으며 그녀 옆에 앉았다. 그리곤 오늘 오디션을 볼 신인 배우들의 프로필 파일을 들었다.

"눈에 띄는 배우는 있어요?"

"글쎄… 요즘은 실물을 보기 전까진 믿을 수가 없어서. 일단 시작해 봐야 알겠는데?"

"흠, 좋은 배우가 좀 있어야 할 텐데."

"서원… 아니다."

이민정 감독이 말을 하다 말고 멈칫하자 지영은 쓴웃음을 지었다.

"괜찮아요."

"내가 안 괜찮아. 작품 하나로 대스타가 됐는데 서원이 지금 죽어가. 불쌍해서 못 봐주겠더라."

"……."

서원의 소식은 간간이 듣긴 했었다. 하지만 지금 이 소식은 처음이었다. 지영은 난감한 표정을 지었다. 천재. 서원은 연기를 위해 태어난 천재였다. 그래서 외골수적인 면이 있었다. 그런데 그러한 면이, 지금 오히려 독이 되고 있었다. 지영의 표정을 본 이민정 감독은 얼른 화제를 돌렸다.

"자자, 오디션 시작하자."

"네."

지영이 대답하자 이민정 감독이 사인을 보냈고, 그녀와 항상 함께하는 조연출이 바로 첫 번째 참가자를 들였다.

"안녕하세요! 이소진입니다!"

"네, 반가워요. 소진 양. 나이가… 스물이네요? 음, 마스크는 괜찮네요. 얘기는 좀 이따가 하고, 연기부터 볼게요. 대본 줄 테니까 그거 보고 마음에 드는 신 하나 골라서 해보세요."

"네!"

조연출이 대본 하나를 가져다주자, 첫 번째 참가자 이소진은 바로 감정을 다잡았다. 지영도 그런 이소진을 보면서 서원에 대한 생각은 싹 지우고, 오디션에 집중했다. 잠시 뒤, 연기가 시작됐다.

"아저씨, 아저씨 있잖아요……."

고요한 오디션 장에, 이윽고 목소리가 울리기 시작했다.

*   *   *

두 시간이 훌쩍 지났다.

"아… 죽겠네."

"……."

잠시 휴식 시간을 요청한 이민정이 휴게소에서 담배를 입에 물며 중얼거렸다. 지영도 커피를 한 잔 마시면서 고개를 끄덕였다. 두 시간 동안 30명이 넘는 배우들이 오디션을 봤다. 그리고 그중, 마음에 드는 신인은 한 명도 없었다. 오죽했으면 10명은 지영이 끊었고, 15명은 이민정 감독이 연기 도중 멈추게 했을 정도였다. 겨우 5명만 대사를 끝까지 읽을 수 있었다. 근데 그 5명도 잘해서 끝까지 한 건 아니었다. 이전에 신인들이 워낙에 못해서 경험이 있던 그 5명이 잘해 보여 끝까지 했을 뿐이었다. 오히려 일반적인 실력으로 따지면 평범하다 할 수 있었다. 그래서 지쳤다.

이민정 감독도 지쳤지만, 지영도 이번엔 꽤나 지쳤다.

"어디서 기본도 안 된 것들이… 아니, 이 인간들은 왜 저런 애들을 보드에 올린 거야?"

이민정 감독이 캐스팅 디렉터를 아주 잘근잘근 씹기 시작했다. 지영도 그 생각엔 동의했다. 이번 작품 '솔'은 김은채가 정말 공을 들이는 작품이었다.

'탈탈 털리겠구나.'

김은채가 만약 이 자리에 있었다면 당장에 전화를 걸어서 쌍욕을 날렸을 것이다. 그만큼 이번엔 수준이 떨어졌다.

"서원 씨가 특별하긴 했네요, 진짜."

지영의 말에 슬쩍 그의 눈치를 본 이민정 감독이 고개를 끄덕였다.

"걔는 진짜 천재야. 아니, 아예 연기 괴물이라고 봐야 돼. 어떤 배역을 던져놔도 걔는 그 자체로 변해 버릴걸?"

"그러게요. 그렇다고 서원 씨를 부를 수도 없고, 이거 난감하네요."

"이제 시작이잖아? 우리 오늘만 서른을 더 봐야 되고, 내일은 아침부터 다이렉트로 백 명 가깝게 봐야 돼."

"벌써부터 지치는데요?"

"그치? 그래도 어쩌겠어. 김은채 양이 최고 아니면 절대로 뽑지도 않겠다는데. 근데 그건 은재도 마찬가지지?"

"네, 솔 역할은 은재가 직접 뽑고 싶다는 말까지 했어요. 우리가 후보를 올리면 은재가 추려서 직접 캐스팅할 거예요."

"흠… 그건 감독 입장에선 좀 별로지만, 그래도 별수 있나.

이번 작품은 내가 고집 좀 죽여야지."

"죄송해요."

지영의 사과에 이민정 감독은 손사래를 쳤다.

"미안하긴? 다시 불러줘서 그냥 감사할 뿐인데. 그런 말씀 마시죠, 강 배우님!"

"하하, 네."

유쾌하게 웃은 둘은 다시 자리에서 일어났다. 해가 서산마루를 향해 달려가고 있지만 두 사람은 오래 쉴 틈이 없었다. 자리에 앉은 둘은 다시 오디션을 진행했다. 하지만 여전히 마음에 드는 배우는 없었다.

평범하거나, 혹은 그 이하였다.

연기력 부족.

대사 전달력 부족.

감정 이입 부족.

등등의 사유가 반드시 걸렸다.

사실 신인에서 그 모든 게 가능한 배우를 찾는 것 자체가 쉬운 일이 아니었다. 재야의 고수 정도면 모르겠지만 그들은 대부분 나이대가 좀 있었다. '솔'은, 솔이란 여자아이의 어린 시절을 다룬 소설이다.

그래서 극 중 솔의 나이는 두루뭉술하긴 하지만 대략 중, 고등학생 사이가 된다. 초등학생 시절은 아역으로 대체할 예정이기도 했다.

완벽.

이번만큼은 완벽을 추구하고 싶은 지영이었고, 지영만큼이나 완벽주의자인 이민정 감독, 그리고 카메라 감독, 투자사 대표의 시선을 사로잡는 배우는 한 명도 나오지 않은 채 오디션은 결국 끝이 났다.

다음 날 눈뜬 지영은 어김없이 일찍부터 준비를 하고 바로 집을 나섰다. 어제와 다른 점이 있다면 오늘은 은재도 함께 한다는 점이었다. 두 사람 다 늦게 집에 도착해서 제대로 대화도 못 나눈 채 잠들었다가, 아침에야 웃으면서 다시 인사를 나눴다.

"잘 잤어?"

"응, 흐흐."

차에 탄 은재에게 인사를 하자, 은재는 어느 때보다 환히 웃으며 그 인사를 받았다. 오늘따라 은재의 미소는 더욱 더 빛났다. 당연히 아이들 때문에 이런 웃음이 나온 거겠지만 지영은 그래도 좋았다.

'이 미소를 볼 수만 있다면… 이유야 뭐가 되어도 상관없지.'

그런 속내를 감추며 은재의 손을 잡은 지영은 차를 출발시켰다. 차가 대로로 들어서고 신호에 서자 은재가 입을 열었다.

"어제 본 오디션은 어땠어? 괜찮은 배우님들 있었어?"

"그냥, 그냥 그랬어."

"별로였구나?"

"응, 이민정 감독님이랑 나랑, 다른 관계자들도 어제 본 배우들 중에서는 뽑을 사람 없겠다는 의견은 같았어."

"그렇구나. 그럼 오늘은 몇 명 봐?"

"백 명 정도?"

"우와……"

은재의 감탄인지, 탄식인지 모를 한숨과 함께 녹색 불이 떨어졌고 지영은 차를 출발시켰다. 오디션 장까지는 그리 멀지 않았다. 이른 시간이라 30분쯤 더 달리자 오디션 장에 도착했고, 차를 주차하고 내린 지영은 은재를 안아 들어 휠체어에 앉혔다.

"담요 줄까?"

"응!"

오늘 오디션이 기대되는지, 아이처럼 웃는 은재를 보며 지영은 덩달아 기분이 좋아짐을 느꼈다. 아침 8시, 주말이라 많은 지원자들이 벌써 도착해 연습을 하고 있었다. 지영이 은재의 휠체어를 밀며 경호원들과 함께 지나가자 참 여러 가지 시선이 달라붙었다.

부러움.

경외심.

시기.

선망.

존경.

등등의 시선이었다.

그렇게 복도를 이동하던 지영은 아직 초등학교도 못 들어
간 것 같은 아이들 둘을 데리고 달리는 여학생에게 시선이 갔
다. 단발머리보다 좀 더 길지만 관리를 못해 듬성듬성했고, 교
복도 세탁을 자주 못 했는지 미세하게 때가 묻어 있었다.

"누나, 누나아. 배고파. 응?"

"나도, 언니 나도 배고파!"

남동생과 여동생의 칭얼거림을 받아주는 여학생의 얼굴은
주변의 눈치를 보면서도 밝은 미소를 머금고 있었다.

"아까 빵 먹었잖아. 응? 조금만 참자. 미진이, 은성이, 착하
지? 누나가 이거 끝나면 집에 가서 맛있는 밥 해줄게."

"또 죽 해줄 거잖아……"

발음이 어눌하지만 또박또박 하니 지나가던 지영의 귀에도
아주 잘 들렸다. 은재도 고개를 돌려 세 아이를 보고 있었다.
하지만 말을 걸진 않았다. 두 사람 다 워낙에 유명하고, 이번
작품의 핵심 인물들이라 여기서 한 사람을 향해 관심을 주는

건 옳지 않다는 걸 이미 숙지하고 있었기 때문이었다.

안으로 들어온 지영은 은재를 자신의 바로 옆에 앉혀줬다.

"지영아."

"무슨 말하고 싶은지 알아."

"흐흐, 역시 내 남자!"

지영은 은재의 말에 피식 웃고는 김지혜에게 바로 전화를 걸었다.

뚜르르, 뚜르……

―네, 전화 받았습니다.

"어디세요?"

―사무실에 있습니다.

"사무실요?"

오늘은 주말이다.

그래서 그녀도 집에서 쉴 줄 알았는데 사무실이라니 좀 의외였다.

―네, 무슨 일이세요?

"저 지금 오디션 장인데, 여기 참가자들이랑 관계자들 아침 좀 부탁드릴까 해서요."

―몇 명이나 되나요?

"참가자는 백 명 정도고, 관계자는 열 명 정도 될 거예요. 아, 경호원들도 스무 명가량 있어요. 그러니 넉넉하게 시켜주세요."

―네, 알겠습니다.

"부탁드릴게요."

―네.

뚝.

전화를 끊은 지영은 은재를 돌아봤다.

"됐지?"

"흐흐, 응. 고마워."

"고맙기는."

도시락을 나눠 주는 거야 요즘은 서비스가 좋아 업체 사람들이 알아서 할 테니, 큰 부담은 없었다. 먹고 말고도 본인의 선택에 달렸다. 오디션 시작 시간은 아홉 시, 지금이 일곱 시반 정도 되었으니 컨디션 또한 알아서 조절할 터였다.

잠시 앉아서 기다리자 이민정 감독이 문을 열고 들어왔다.

"벌써 왔… 어? 은재야!"

"감독님!"

안으로 들어온 이민정 감독은 은재를 보더니 인사를 멈추고 빠르게 걸어와 은재를 폭 안았다.

"후후, 우리 은재, 많이 컸는데?"

"엥? 흐흐, 제가 이제 더 클 게 어디 있다고 그러세요?"

"여기, 여기."

"꺄악! 히히! 아, 하지 마세요, 꺄하하!"

이민정 감독이 은재의 몸 여기저기를 마구 더듬으며 장난을 치자 은재는 몸을 이리저리 틀며 자지러졌다. 지영은 그런 두 사람의 모습을 웃으며 보다가 주머니 속에서 울리는 진동에 시선을 돌렸다.

[업체 통해 도시락 150개 주문했습니다. 50개씩 바로바로 만들어서 보낸다고 합니다. 그리고 저도 지금 오디션 장으로 출발하겠습니다.]

김지혜답게 참으로 딱딱한 메시지였다.

이어서 메시지가 하나 더 왔다.

[혹시 따로 해야 할 일이 있나요?]

역시, 센스가 좋다.

지영이 도시락을 굳이 시킨 이유를 물어보고 있는 것이다. 지영은 오디션 대기자 중, 삼남매가 있는데 그 아이들을 챙겨 달라고 답장을 적어 보냈다.

'이 정도면 알아서 하겠지.'

아마 그녀는 그 여학생의 순번도 조정해 줄 것이다.

은재와 이민정 감독의 수다를 듣기를 한참, 속속 관계자들이 자리에 착석했다. 그리고 딱 아홉시 직전, 김은채가 들어와 은재의 옆에 앉았다. 그리고 바로 오디션이 시작됐다. 오전 9시부터 시작된 오디션은 12시까지, 역시나 눈에 차는 신인은 한 명도 없었다.

＊　　　　＊　　　　＊

점심시간.

점심은 그냥 테이블을 붙여 아침에 시킨 도시락을 다 같이
모여 먹었다.

"엉니, 언니는 이런 오디션을 작품 할 때마다 봐여?"

"다 삼키고 얘기해. 애도 아니고!"

은재가 이민정 감독에게 질문을 하자 김은채가 바로 타박
을 줬다. 그러자 은재는 꿀꺽, 바로 입안에 음식을 삼켰다.

"흐흐, 미안."

피식.

그 모습에 실소를 흘린 이민정 감독이 물을 한 모금 마시고
질문을 대답을 했다.

"매번은 아니지. 보통 주연배우를 오디션으로 뽑는 경우는
드물거든. 조연이라면 모를까."

"아……."

"그리고 이렇게 까다롭지도 않아. 극의 중심이 되는 주연을
신인으로 뽑을 리가 거의 없잖아? 독립 영화도 아니고, 못해
도 몇십 억이 들어가는 상업 영화인데."

"아……."

"그러니 매번 이러지는 않는다. 대답 끝!"

"흐흐. 고마워요, 언니."

"고맙기는. 밥부터 얼른 먹자. 한 시부터 또 시작해야 되니까."

"넵!"

경례까지 올리며 대답하는 은재 덕분에 아침나절, 보기 민망하고 힘든 연기를 보며 지쳤던 정신이 그래도 조금은 회복되는 것 같았다. 식사를 다하고 잠시 쉬었다가 오후 오디션이 시작됐다.

그래도 한 시간쯤 쉬어서 그런지 다들 날카로운 눈빛으로 참가자의 연기를 지켜봤다. 하지만 여전했다. 정말 어떻게 된 게, 서원의 반에 반 정도를 하는 참가자가 한 명도 없었다. 세 시쯤 되자, 다시 지치기 시작했다.

"아… 곤욕이다, 이것도……."

은재도 지쳤는지 참가자가 나가자 테이블에 철퍽 엎드렸다. 그러다가 다음 참가자가 들어오자 다시 벌떡 몸을 세웠다. 다섯 시, 김은채는 결국 욕지기를 내뱉었다.

"디렉터 이 새끼들을 그냥……."

"신인들이잖아. 이들 중에 카메라 앞에 서본 이들이 몇 명이나 될 것 같냐? 그냥 잠자코 봐."

"하아… 그래도 기본은 해야지, 기본은."

"그게 되면 신인이 아니지."

"…그건 그러네. 야, 니가 그래도 연기를 잘하긴 잘하는 거였구나?"

"이제 알았냐?"

"그래, 이제 알겠다……."

김은채는 다리를 꼬고, 팔짱을 낀 채로 고개를 절레절레 저었다. 그녀도 약 육십 명 가까이 되는 참가자들의 연기를 보면서 지칠 만큼 지친 상태였다. 어느덧 시간은 오후 5시를 향해 달려가고 있었다.

"어후, 안 되겠네요. 다섯 명만 더 보고, 저녁 먹고 마저 하죠?"

이민정 감독의 말에 다들 얼른 고개를 끄덕였다. 정말 정신적으로 지친 상태들이라 그녀의 말은 감로수처럼 시원했다.

한 명, 두 명, 세 명, 차례대로 연기를 펼치고, 나갔다. 그리고 네 번째에, 그 교복을 입은 여학생이 들어왔다.

키는 대략 150 중후반이고, 체형은 엄청나게 슬림한 편이었다. 지영은 어째 그 이유를 알 것 같아서 쓴 미소가 입에 걸렸다.

이름은…….

'안혜성?'

여자 이름치고는 굉장히 중성적인 이름이었다.

"안녕하세요. 대림 중 이학년 안혜성입니다."

꾸벅, 인사를 하자 여학생의 목소리가 아까와는 다르게 명확하게 들려왔다.

'톤은 좋고. 울림도 좋고. 발성을 배웠나?'

지영은 아침에 눈이 갔던 학생이라 그런지 이전 참가자보다 디테일하게 뜯어보기 시작했다.

"네, 반가워요. 혜성 양. 일단 연기부터 보고 얘기할까요?"

"네. 근데 저……."

"왜 그러죠?"

이민정 감독이 날카롭게 대꾸하자 안혜성은 어깨를 살짝 움츠렸다. 그러자 은재가 바로 지영의 옷깃을 잡아 살짝 당겼다. 슬쩍 바라보자 은재의 눈망울은 이미 촉촉하게 젖어 있었다. 눈빛은 또, 간절했다.

오디션에 붙든 못 붙든, 저 학생의 실력이 있든 없든, 저런 모습으로 있는 건 싫다는 무언의 시위였다.

고개를 끄덕인 지영은 이민정 감독을 툭툭 쳤다.

"왜?"

"이 학생은 제가 볼게요."

"오… 아는 사이?"

"아니요, 오늘 처음 봅니다."

"음……."

눈치 좋은 이민정 감독은 지영의 옆에 있는 은재를 힐끔 보더니 바로 고개를 끄덕였다. 그리곤 바로 의자에 등을 기댔다. 그런 그녀를 대신해 지영의 상체가 좀 더 앞으로 나왔다.

"반가워요, 혜성 양."

지영은 일단 부드럽게 인사했다.

"아, 네……. 안녕하세요."

"오래 기다렸죠?"

"아니요, 별로 안 기다렸어요."

지영의 질문에 고개를 도리도리 저으며 대답하는 안혜성을 보며 지영은 눈을 반짝였다.

늘어지던 목소리가 정상을 찾았다. 그걸 알았는지 바로 옆에서 호⋯ 하는 감탄이 들려왔다. 겨우 중학생이다. 그런데 이민정 감독의 날카로움에 움츠러들었던 어깨와 목소리가 지영과 인사했다고 바로 정상으로 돌아왔다. 이는 결코 쉬운 게 아니었다.

'천성인가 본데?'

강심장은 배우의 중요한 자질 중 하나였다.

그러다 보니 점점, 호기심이 생겨났다.

"동생들은요?"

"밖에 어떤 언니와 함께 있어요."

김지혜다.

그녀는 지영의 의도를 아주 잘 파악해서 도와주고 있었다.

"그래요. 그럼 연기 편하게 할 수 있겠죠?"

"네."

"근데 좀 전에 말하려고 했던 건 뭐였어요?"

"아, 그게요. 시간을 몇 분만 주셨으면 해서요."

"시간? 아아, 감정 잡을 시간?"

"네."

"그럴게요. 준비되면 바로 시작하세요."

"네. 후우……."

지영의 말에 크게 심호흡을 한 안혜성은 천천히 자신이 서 있는 공간을 살펴보기 시작했다.

지영은 그 모습을 주의 깊게 살펴봤다. 안혜성은 아예 공간을 전부 뜯어보고 있었다.

바닥, 벽, 천장, 공간 안에 있는 사람, 테이블의 배치, 의자, 창문, 창문을 통해 들어오는 햇살, 커튼, 등등 사소한 것 하나 놓치지 않고 눈에 담았다. 지영은 안혜성이 왜 이런 행동을 하는지 알 수 있었다.

'공간에 환상을 덧씌우는 작업.'

자신이 연기할 장면을, 그 세상의 모습을 이 작은 공간에 칠하고 있는 중이었다. 이유? 당연히 몰입 때문이었다.

준비가 끝났는지 안혜성이 눈을 감았다.

연기가 시작될 타이밍이었다.

이런 안혜성의 행동에 다들 마음을 다듬고, 안혜성을 바라봤다. 이윽고 눈을 다시 뜬 안혜성은 천천히 쪼그리고 앉았다. 그리곤 고개를 푹 숙였다. 지영은 그 모습에 힐끔 대본을 살폈다.

어느 장면인지, 딱 감이 왔다.

그때.

"아저씨."

첫 대사가 시작됐다.

지영은 그 첫 대사에 확신했다.

'애다.'

서원과는 개념이 다른, 또 다른 천재가 등장했다.

씨익.

초점이 잡히지 않은 눈빛으로 안혜성이 다시 입을 열었다.

"난 왜 행복하지 못한 걸까요?"

그 두 번째 대사에 지영은 등줄기에 소름이 돋는 걸 느낄 수 있었다. 극 중, 솔이 큰 아픔을 겪은 뒤에, 키다리 아저씨 윤에게 묻는 질문이었다. 실제 대본에는 저 대사 뒤에, 윤의 대답이 있다.

지영은 망설였다.

저 공간을 비집고 들어갈지, 말지.

이미 저 아이에게 이곳은, 완벽한 자신만의 세상이었다.

'일단 더 들어보자.'

잘못하면 몰입이 깨지는 결과만 불러올 수도 있었다. 독학으로 공부해서 연기 경험이 일천해 보이니 그럴 가능성은 충분히 있었다.

"음……."

스윽.

등을 깊게 기대고 있던 이민정 감독이 짧은 침음과 함께 몸을 일으켜, 지영처럼 상체를 앞으로 당겼다. 그녀도 알아본 것이다. 그녀도 배우를 알아보는 눈은 이미 최상급이다. 그러니 당연히 지영이 알아본 걸, 그녀도 알아본 것이다. 다른 사람들도 마찬가지였다. 지금까지와는 다른 연기다. 감정, 몰입, 전달력이 여태 오디션을 본 그 누구보다 뛰어났다.

공간을 장악한다는 말이 있다.

"아저씨는 다 알잖아요. 말해줄 수 있어요? 나는 왜 이렇게 불행한지?"

그사이 세 번째 대사가 묘하게 푸르스름한 입술을 비집고 흘러나왔다. 지영은 그 대사에 웃었다.

확실히 아직 완벽하지는 않았다.

하지만 그건 연습을 통해 충분히 커버할 수 있었다. 게다가 아직 촬영까지는 한 달의 시간이 남았다.

'서원과는 다른 개념의 천재 같으니까……'

그리 오래 걸리지는 않을 것이다.

그나마 가장 다행인 건, 카메라를 의식하는 마음이 조금도 없었다. 오디션이니 나중에 확인하기 위해 당연히 카메라를 돌린다. 지금도 안혜성이 주저앉은 주위로 카메라가 네 대나 설치되어 있었다. 그런데 그걸 조금도 의식하지 않고 연기를 이어가고 있었다. 안혜성이 얼굴에 실망스러운 감정을 내비치기 시작했다.

저 대사를 받는 윤이 만족할 만한 답을 주지 않았기 때문이다.

"표정 죽이네."

가만히 지켜보던 김은채의 한마디는 모두의 심정을 대변했다. 안혜성의 표정은 확실히 김은채의 말처럼 풍부했다. 대사가 나올 때마다, 미묘하게 표정이 변하는데 그게 과하지도 않고 딱 적당한 감정을 전달하고 있었다. 특히 눈꼬리와, 입매의 변화는 예술이었다. 지영은 어떻게 할까 하는 고민을 끝냈다.

스윽.

의자 끌리는 소리를 내지 않고 자리에서 일어난 지영은 조용히 안혜성의 공간을 뚫고 들어갔다.

올려다본 시선, 그녀가 윤을 보고 있을 법한 공간에 서자 고개가 미세하게 돌아가며 지영에게 시선이 맞춰졌다.

'이것 봐라······.'

아무런 위화감 없이 지영에게 시선을 맞췄다. 그건 자신의
세계에 지영을 동화시켰다는 뜻이었다. 이건 정말 대단한 일
이다. 하지만 지영은 걱정도 됐다. 이런 강력한 몰입은, 솔직
히 말하자면 연기자에게 그리 좋은 편은 아니었다. 왜? 후유
증이 너무나 강력하게 남기 때문이다. '솔'이야 밝은 작품이지
만 '솔' 이후에 안혜성이 찍을 작품이 전부 밝은 것만 할 거라
는 보장은 없었다.

분명 어두운 작품도 찍을 것이고, 그때도 이렇게 몰입하
면······.

'대형 사고가 터지는 거지.'

지영은 거의 마음을 정한 상태였다.

"아저씨."

대사가 날아들었다.

지영은 잡생각을 지우고, 윤으로 화(化)했다.

"응."

"아저씨는 살면서 저처럼 불행했던 적이 있었어요?"

"있지."

"언제요?"

"솔이 나이 때."

"아··· 힘들었겠다, 그럼······."

살짝 시선을 내리깔고, 혼잣말을 하는 안혜성을 보며 지영은 만족스러운 미소를 지었다.

이 정도면 충분하다.

더 이상 볼 것도 없었다. 하지만 혼자 결정할 게 아닌지라 고개를 돌려 관계자들을 둘러보니 그들 전부가 지영의 시선을 받고 고개를 끄덕였다. 적어도 이 바닥에서는 잔뼈가 굵은 이들이다.

그런 이들이 안혜성의 연기를 못 알아봤을 리가 없었다.

지영도 고개를 끄덕이고, 다시 안혜성을 바라봤다. 그리곤 박수를 강하게 쳤다.

짝!

"아……."

크게 울리는 박수 소리에 안혜성이 탄성을 흘렸다. 몰입이 강제로 깨지면서, 허탈감에 나온 탄성이었다.

"혜성 양?"

"……."

짝!

"혜성 양?"

다시 박수를 한 번 치고 부르자, 그제야 안혜성의 공허한 눈빛에 빛이 깃들기 시작했다. 지영은 고개를 절레절레 저었다. 천재다. 천재긴 천잰데… 너무나 위험한 방식을 갖춘 천재였다.

'이거 교정이 꽤 필요하겠는데?'

그런 생각을 하며 지영은 자리에 돌아와서 앉았다.

"혜성 양. 이제 일어나도 돼요."

"아, 네!"

나직한 이민정 감독의 말에 안혜성은 얼른 벌떡 일어났다. 그리곤 조심스럽게 두 손을 모았다. 그 모습에선 좀 전의 솔의 모습이 조금도 보이지 않았다.

"연기는 어디서 배웠어요?"

"안 배웠어요."

역시…….

지영은 자신의 생각이 맞음에 저도 모르게 고개를 끄덕였다. 처음과는 다른 흥미로운 눈빛이 부담스러운지 안혜성의 목소리는 꽤나 작아져 있었고, 그런 안혜성이 귀여웠는지 은재가 흐흐, 귀엽다. 하고 혼잣말을 했다.

"연기를 잘하긴 하는데, 너무 위험한 방식이에요. 만약 캐스팅되면 그 방식을 좀 고쳐야 할 것 같은데, 괜찮겠어요?"

"물론입니다. 가르쳐 주시면, 열심히 배울게요."

어느새 다시 정상으로 돌아온 목소리 톤.

담대한 심장이 이 부담감을 다시 버텨내고 있다는 뜻이었다.

"자세는 마음에 드네요. 오늘 고생했어요. 연락은 여기 적혀 있는 번호로 하면 되는 거죠?"

"네."

"수고했어요. 나가도 좋아요."

"감사합니다."

꾸벅.

인사를 하고 안혜성이 나가자 이민정 감독은 조연출에게 신호를 줬다.

다음 순번 참가자를 들이지 말라는 뜻이었다.

"내가 배우 복이 있는 거야? 아니면 지영이 니가 배우 복이 있는 걸까? 어떻게 된 게 너랑 작품을 할 때마다 천재가 하나씩 나와?"

"글쎄요?"

이민정 감독의 말에 지영은 어깨를 으쓱했다.

솔직히 말해 지영도 저런 참가자가 오디션에 응시할 줄은 예상도 못했다.

"어때?"

지영은 은재를 향해 물었다.

"흐흐."

그러자 은재는 웃으면서 엄지를 척 들어 올렸다. 이어서 김은채를 바라보자 그녀도 고개를 끄덕이는 걸로 의사를 표현했다. 지영이 그렇게 둘에게 의견을 물어볼 때 이민정 감독도 다른 관계자들에게 의견을 구했고, 전부 동의를 했다.

"그럼 이제 끝?"

김은채가 묻자 지영은 고개를 저었다.

솔직히 안혜성을 뛰어넘을 참가자는 없을 것 같지만, 오늘 종일 기다린 사람들이다.

연기할 수 있는 기회를 주는 건 아주 당연한 도리였다. 다시 조연출이 응시자들을 들였다. 그리고 역시 지영의 생각처럼 안혜성에 버금가는 참가자는 없는 것 같았다.

심지어 안혜성의 연기가 워낙에 뛰어나 다른 참가자들의 실력이 바래는 느낌마저 들었다.

그만큼 그 여학생의 연기가 준 느낌이 엄청났다는 뜻이었다.

그렇게 여덟 시, 아홉 시가 됐다.

이제 마지막 참가자를 앞두자 은재도 피곤해했고, 김은채도 축 늘어져 있었다. 그리고 그건 지영이나 이민정 감독도 마찬가지였다.

"자자, 이제 마지막 참가자 남았으니까, 얼른 보고 퇴근들 하죠."

"퇴근하게요?"

이민정 감독의 말에 김은채가 불쑥 되묻자, 그녀는 고개를 갸웃했다.

"해야죠, 왜요?"

나이는 한참 어리지만 김은채의 위치가 워낙에 높은지라 천하의 이민정 감독도 반말을 못 하는 어색함이 있었다.

"한잔 안 하고요? 이렇게 피곤한데?"

"…그럴까요? 다른 분들은 어떠세요?"

투자사, 제작사 관계자들은 고개를 저었다.

이민정 감독의 주량이 얼마나 대단한지 알아서 미리 발을 빼고 있었다. 그러자 그녀는 지영을 바라봤다.

"넌 가야지, 빠지기만 해."

이민정 감독이 지영을 바라봤는데 대답은 김은채에게서 나왔다. 그리고 그 옆에, 은재에게서도 나왔다.

"그래, 가자. 배도 고프고. 시간도 늦었는데 선정 이모나 어머님 움직이시게 하지 말자."

"…그래, 그럼."

지영이 허락하자 이민정 감독도 결국은 고개를 끄덕였다.

"그럼 후딱 끝내고 마시러 가요."

그리곤 조연출을 바라보자 바로 문이 열리고 마지막 참가자가 들어왔다.

"음……?"

그리고 지영은, 그 참가자를 보곤 고개를 갸웃했다.

독특한 느낌이 풍겨졌다.

안혜성과 마찬가지로 교복을 입고 있었다.

게다가 교복이 비슷했다.

아니, 똑같았다.

"흠… 반가워요."

이민정 감독도 느꼈는지, 늘어져 있던 몸을 어느새 세우고 있었다.

"안녕하세요, 대림중 이학년, 이혜성입니다."

이름도 같다.

느릿하게 나온 인사를 들으며 지영은 이혜성의 외모를 천천히 뜯어봤다.

예쁘장한 외모다.

정확히는 은재와 비슷한, 순해 보이는 인상이었다. 거기다가 단아함이 있었다.

"반가워요, 혜성 양. 오늘 마지막 참가자네요. 기다리느라 힘들었겠어요."

"아닙니다. 준비할 시간이 넉넉해서 오히려 좋았어요."

"그래요? 다행이네요. 프로필 보면 오디션 참가는 이번이 처음이네요?"

"네."

느릿느릿.

늘어지는 화법을 구사하니 독특한 뭔가가 있어 보였다. 분

위기도 그랬다. 주변 사람을 느긋하게 만드는 온화한 뭔가가
있었다.

"경험 삼아 나온 건가요?"

"아닙니다. 캐스팅에 목적을 두고 나왔습니다."

느리지만 역시나 또박또박 대답했다. 이민정 감독의 말이
나, 지영, 다른 관계자들에게 주눅 든 것 같은 느낌은 조금도
없었다.

"그만한 실력이 있기를 바랄게요. 그럼 이제 연기를 볼까
요?"

"네, 근데 시간을 좀 주셨으면 좋겠습니다. 제가 준비하는
데 시간이 좀 걸려서."

"음… 그래요."

안혜성도 그랬다.

다른 참가자들도 대부분 그랬다.

못 해줄 것도 없으니 허락하곤 다들 느긋하게 기다렸다. 하
지만 다들, 기대하는 얼굴들을 숨기지는 못했다.

그걸 아는지 모르는지 이혜성은 안혜성처럼, 마치 복사를
한 것처럼 공간을 뜯어봤다.

그것만 해도 신기한데, 나중엔 철퍽 바닥에 주저앉기까지
했다. 그리고 잠시 뒤, 연기가 시작됐다.

"진아, 밥 먹자, 자… 아."

행복한 미소.

이제 갓 네 살 난 여동생에게 밥을 떠 먹여주는 솔의 얼굴 엔, 세상 그 무엇보다 순수하고 따뜻한 미소가 깃들어 있었 다.

*　　　*　　　*

"……."

"……."

이혜성이 연기를 끝내고, 짧은 대화를 마치고 나가자 다들 침묵했다. 지금 현재, 이 상황이 이해가 가질 않았다.

연기는… 완벽했다.

안혜성과는 다른 대사를 소화했지만, 그녀는 다들 입을 쩍 벌리게 만들 정도로 완벽한 연기를 선보였고, 끝마쳤으며, 박 수까지 받고 퇴장했다. 거기까지는 문제가 없었다. 거기까지는 문제가 없는데…….

다른 문제가 터져 버렸다.

"두 명의 천재라… 이거 참, 골 때리네. 하하."

그래, 이민정 감독의 허탈한 혼잣말이 문제였다.

"지영아, 좀 전에 혜성이도 엄청 잘하던데…….."

"응."

지영도 고민이 됐다.

안혜성.

두말할 것도 없이 천재.

이혜성.

이 친구도 무조건 천재.

그리고 둘 다 중학교 2학년이고, 연기 스타일도 똑같았다. 각자의 개성을 굳이 설명하자면 다른 점이 있긴 하지만 그것도 굉장히 미세한 정도였다.

얼굴 표정을 쓰는 방식만 조금 다르고, 그래서 각자 마스크가 주는 느낌이 조금 다른, 딱 그 정도였다.

"즉, 별 차이 없다는 거지."

"그 정도야?"

"응. 하, 하하."

지영은 갑자기 실없이 웃기 시작했다. 복이 터진 건지, 아니면 그 반대인건지 분간이 가지 않았다.

솔직한 심정으론······.

"둘 다 쓰고 싶지만······."

그럴 수는 없는 법이다.

뮤지컬도 아니고 말이다.

그런데 그때, 은재가 툭 던지듯이 말을 던졌다.

"그냥 둘 다 쓰자. 응?"

"……"

은재의 그런 말에 지영은 물론, 이민정 감독에 김은채까지
그녀를 빤히 바라보기 시작했다.

Chapter92
첫 제자들

혜성처럼 등장한 두 명의 천재.

지영은 둘을 일주일 뒤 회사로 불렀다.

이민정 감독이 먼저 도착했고, 그 뒤로 20분쯤 더 있다가 안혜성과 이혜성이 지영의 사무실에 들어왔다.

여전히 교복을 입고 있는 둘은 조심스럽게 사무실로 들어 와서는 두리번두리번, 사무실 여기저기를 구경하기에 여념이 없었다. 지영은 슬그머니 그 둘의 뒤로 다가가 어깨를 꼭 찍었 다.

"꺅!"

"꺅!"

이름도 똑같은데, 반응도 똑같았다.

감전이라도 된 것처럼 화들짝 놀라며 뒤로 돈 둘에게 지영은 웃으며 인사했다.

"반가워. 아, 말 편하게 해도 되지?"

"네? 네!"

"그, 그럼요!"

놀랐는지 귀까지 발그레한 둘의 대답에 지영은 그냥 다시 실없이 웃음이 나왔다. 동생 지연이보다 나이는 많지만, 이상하게 둘에게는 친동생처럼 친근감이 들었다.

"일단 앉을까? 구경은 이따 실컷 시켜줄게."

"네……."

"네에……."

비슷하면서도 미묘하게 다른 대답을 들은 지영은 소파에 가서 앉았다. 지영이 앉자 그 뒤를 아기 오리처럼 졸졸 쫓아온 둘이 지영의 건너편에 앉았다. 두 사람이 앉자 지영의 옆에 있던 이민정 감독이 인사를 했다.

"안녕? 이번에 '솔' 감독을 맡은 이민정이야. 저번에 봐서 알고 있지?"

"네? 그럼요! 저, 팬이에요!"

"팬? 내 팬?"

"네!"

안혜성의 말에 이민정 감독은 고개를 갸웃했다.

웬만한 여배우 뺨치게 아름답고, 스타일도 좋은 그녀는 사실 팬클럽도 있었다. 하지만 정작 그녀는 그런 걸 신경 쓰는 타입이 아닌지라, 전혀 모르고 있었다. 그래서 안혜성이 자신의 팬이라는 말에 고개를 갸웃한 것이다.

"네! 감독님 작품 다 찾아 봤어요!"

"그래? 고마워. 근데 오디션 장에서는 그런 내색은 안했잖아?"

"그건… 오디션에 집중하느라 그랬어요."

"좋은 자세야. 점점 마음에 드는걸?"

"감사합니다!"

꾸벅!

안혜성의 인사에 이민정 감독은 씩 웃었다.

아무래도 그녀는 안혜성이 마음에 든 것 같았다. 물론 그건 지영도 마찬가지였다.

빤……

반대로 이혜성은 지영만 바라봤다.

그런 이혜성을 보던 이민정이 툭 말을 던졌다.

"넌 지영이 팬이니?"

"네에……."

똘망똘망한 눈빛이고, 딱 봐도 연예인을 바라보는 팬의 눈
빛이었다. 지영은 그 시선을 그대로 받아줬다.

짝!

박수를 친 이민정 감독이 분위기를 환전시켰다.

"자자, 나중에 충분히 대화할 시간 줄 테니까 지금은 일 얘
기부터 할까?"

"네!"

"네에!"

이민정 감독 덕분에 그래도 분위기가 바뀌자, 지영은 두 사
람에게 미리 준비해 놨던 서류를 내밀었다.

"이게……?"

거의 동시에 똑같이 나온 대답.

마치 쌍둥이 같았다.

"둘 다 소속사 없지?"

"네."

"네에."

역시 예상했던 대로였다.

"두 사람, 생각 있으면 우리 소속사와 계약하는 건 어때?"

"네?"

지영의 말에 둘은 엄청 놀란 표정을 지었다. 그러면서도 아
직 믿기지가 않는지 눈을 껌뻑거렸다. 두 사람은 캐스팅 디렉

터를 통해 오디션을 본 게 아닌, 지영의 레이블 홈페이지와, 제작사 홈페이지를 통해 오디션 사실을 알고 일반으로 서류를 넣어 통과한 케이스였다. 그래서 둘 다 소속사는 없었다.

지영은 아직 놀란 둘에게, 진짜 본론을 꺼냈다.

"솔직히 말하면, 둘 다 연기를 잘해. 내가 봤을 땐 서원 씨와 거의 동급의 천재야. 그건 여기 이민정 감독님도 인정한 부분이니까, 믿어도 좋아."

"아……."

"아아……."

아직 긴가민가하는 표정이었다.

스스로의 연기를 아직 평가받지 못했었기 때문에, 둘은 본인이 연기를 잘하는지, 못하는지 그조차도 깨닫지 못하고 있었다.

"이제 중학생이니 연습을 더 하면 충분히 배우로 성공할 수 있는 가능성을 지녔어. 그런데, 문제가 있네? 그 문제가 뭔지 두 사람은 알아?"

"아니요."

"저도 잘."

역시, 문제점을 모르고 있었다.

최대의 강점이지만, 최악의 약점이기도 한 문제이기에 반드시 짚어주고, 고칠 필요가 있었다. 이건 이민정 감독과도 이미 의견을 맞춘 상태였다.

"몰입이 과해."

"네?"

"네에?"

"몰입이 너무 과하다고."

"……."

"……."

지영의 말에 두 사람은 대번에 침묵했다. 그리곤 영문을 모르겠다는 표정을 지었다. 당연한 일이었다. 연기를 배운 적이 없는, 독학으로 이 정도까지 보여줄 수 있는 천재들이었으니까. 다만, 몰입이 과한 건 반드시 지켜야 했다. 이게 좋을 것 같지만 실상은 굉장히 위험했다. 과도한 몰입에서 헤어 나오지 못해 자살을 한 배우가 한둘이 아니기 때문이었다.

"두 사람은 천재야. 천재가 맞아. 그건 내가 보증할 수 있어. 하지만 너무 위험해. 두 사람 다 공간을 이용해서 연기를 하는 것 같은데, 맞지?"

"공간이요?"

"공간이요……?"

"그래, 대사를 암기하고, 그 대사의 내용과 설정을 머릿속으로 그려서 공간 자체를 그 설정에 맞게 덧씌우는 거잖아. 아냐?"

"아… 맞아요."

"네에……."

안혜성과 이혜성 둘 다 지영이 천천히, 쉽게 풀어서 설명해 주니 이해했다는 듯이 고개를 끄덕거렸다.

'이해력도 나쁘지 않고.'

가르칠 맛이 나겠는데?

그런 마음을 일단 숨긴 지영은 다시 말을 이었다.

"그게 위험하다는 거야. 둘 다 몰입에서 빠져나오는 게 늦어. 그게 무슨 뜻인지 알아?"

"아니요."

"잘……."

"옛날에 유명했던 배우들 중에 너희들 같은 천재들이 있었어. 그들은 전부 대스타가 되었지만, 결국 배역에서 빠져나오지 못하거나, 정신적으로 심한 스트레스를 받아 전부 자살했어. 이름을 대면 둘 다 알 만한 배우들이야. 근데, 너희들은 내가 보기엔 그 배우들의 방식과 매우 흡사해. 그래서 위험하다는 거고, 너희들이 여기에 들어오면 내가, 혹은 다른 전문가를 모셔서 너희들을 가르칠 생각이야."

"……"

"……"

지영의 말에 어리둥절한 표정을 짓는 안혜성과 이혜성을 보며 이번엔 이민정 감독이 나섰다.

"지금 지영이가 한 말, 너희에겐 정말 엄청난 기회야. 강지영이란 배우가 가진 이름의 무게를 너희는 아직 잘 이해를 못한 것 같은데, 지영이는 지금 너희 둘을 제자로 들이고 싶다는 얘기를 하는 거야."

"아?"

"아아······."

"이해했니?"

"헉······."

"헙······."

이민정 감독이 그렇게 말하고 나서야 눈을 화등잔 만하게 뜨고 놀라는 안혜성과 이혜성을 보며 지영은 조용히 웃었다. 이민정 감독의 말처럼 지영은 지금 둘을 제자로 들이겠다는 말을 하고 있는 게 맞았다. 솔직히 말해 자신이 이런 생각을 하게 될 줄은 꿈에도 몰랐다. 은재의 부추김이 좀 있긴 했지만, 이번 결정은 어디까지나 본인 스스로 생각하고, 결정을 내렸다. 그런데 지영이 그런 선택을 내리게 만들 만큼, 안혜성과 이혜성의 재능이 너무나 뛰어났다. 그리고 그냥 둘 수가 없었다. 이 천재들이 단명할지도 모른다는 걸 알면서도 그냥 지켜보기만 할 수는 없었다.

안혜성과 이혜성은 놀란 눈으로 서로를 바라봤다가, 다시 지영과 이민정 감독을 봤다가, 다시 또 서로를 바라보기를 반복했다. 그만큼 이민정 감독의 말이 믿기지가 않았던 것이다. 특히, 지영이 자신을 제자로 받고 싶다는 말은 더더욱 믿기가 않았다.

강지영.

영화계에서 그 이름이 가지는 의미는 엄청났다. 어마어마했다. 거대한 산과도 같았다. 그게 비단 한국에 국한되지도 않았다.

전 세계.

지구가 인정하는 대배우가 바로 강지영이었다.

요즘에야 한국 작품 위주로 찍고 있지만 지영이 마음만 먹으면 언제고 할리우드도 갈 수 있는 게 지영이었다.

그런 강지영의 제자.

상상만 해도 소름이 돋을 것 같은지 안혜성과 이혜성은 어쩔 줄을 몰라 했다.

"지, 진짜요?"

그래도 안혜성이 용기를 내서 지영에게 물었고, 지영은 천천히 고개를 끄덕였다.

"맞아. 계약서에는 당연히 삼 년, 오 년 둘 중 하나로 가겠지만 그 기간 동안 나는 너희들을 직접 가르칠 생각을 가지고 있어."

"아……."

"와……."

이번엔 감탄사가 조금 달랐다.

하지만 그게 중요한 게 아니고, 안혜성이 손을 번쩍 들었다.

"할게요!"

"저, 저도요오……!"

뒤늦게 손을 들고 외친 이혜성까지 보며 지영은 고개를 천천히 끄덕였다. 거절하지 않으리란 것 정도는 예상하고 있었다. 하지만 이렇게 직접 듣게 되니 감회가 새로웠다. 수많은 삶 동안 지영이 제자를 안 들인 건 아니었다. 오히려 셀 수 없이 많았다. 성수정이 몸담고 있는 유파도 지영이 창단했을 정도였으니 말 다했다. 그래서 누군가를 가르치는 것은 지영에게 낯선 일이 아니었다.

"눈앞에 계약서야. 최대한 간결하게 적었으니까 일단 확인만 해봐."

"네!"

"네에!"

둘은 얼른 계약서를 빼 읽기 시작했다.

지영은 이 둘에게 보여주기 위해 최대한 간결하게 계약서를 작성했다. 어려운 말은 일체 빼고, 이해하기 쉽게 만들었다. 그렇게 만든 이유는 있었다.

'안혜성, 소녀 가장. 이혜성, 마찬가지……'

안혜성은 아직 초등학교도 들어가지 못한 동생이 둘이나 있었고, 이혜성은 그 반대였다. 위로 고1 오빠, 고3 언니가 있었다. 소녀 가장 집안의 막내가 이혜성인 것이다. 그러니 평범하게 어려운 계약서를 들이민다 한들, 그걸 제대로 봐줄 사람이 주변에 있을지가 미지수였다. 그래서 간결하게 작성했다.

지영이 김지혜를 통해 알아본 바에 위하면 남매끼리 우애는 둘 다 나쁘지 않았다. 하지만 둘 다 법적 대리인을 해줄 지인이 전무한 상태였다. 하지만 그건 햇빛 재단을 통해 하면 될 일이었다.

이미 수차례 세무조사를 통해 충분히 검증된 곳.

대한민국에서 가장 투명한 재단이니 나중에 이 사실이 알려져도 크게 문제가 될 건 없었다.

"계, 계약금 일억?"

"헉……!"

둘은 계약금이 명시되어 있는 장을 보며 다시 화들짝 놀랐다. 너무나 놀란 눈이라, 바로 대답해 주면 눈물을 터뜨릴 것 같았다. 다행히 옆에는 이민정 감독이 있었다. 툭, 팔꿈치로 지영의 옆구리를 슬쩍 친 그녀가 놀리듯이 말했다.

"통 크게 썼네?"

"환경 조성부터 해야죠. 가능하면 지상으로 올라오는 것도 좋고."

"아아."

"마음 같아서야 숙소를 잡아주고 싶은데… 안혜성은 동생들이 있어서 또 그건 불가능하고. 그래서 저걸로 일단 근처에 집이라도 구해 주려고요."

"멋있어, 역시. 은재나 너나."

"멋있긴요. 제 욕심인데요."

"저 둘을 빼앗기고 싶지 않은?"

"네."

지영은 순순히 인정했다.

정말 솔직하게 저 둘을 다른 전문가들을 자신들 입맛대로 고치는 건 볼 자신이 없었다. 천재도 범재로 만드는 시스템 속에서 안혜성과 이혜성이 지영을 만난 건 어쩌면 정말 천운이었다. 지영은 다시 둘을 돌아보며 입을 열었다.

"이혜성은 누나가 있으니 그 돈으로 일단 집부터 구하자고 해. 연습은 고될 거야. 그런데 쉴 곳이 부실하면 체력적으로 너무 힘들어져. 연습이 끝나면 바로 촬영에 들어갈 텐데 쓰러지기라도 하면 큰일이잖아? 그러니 가능하면 이 근방에 집을 구해보도록 해. 힘들면 다시 얘기하고. 내가 최대한 도와줄 테니까."

"네에!"

"안혜성도 마찬가지야. 근데 넌 지금 당장 혼자 집을 구하긴 어려울 거야. 그래서 너한테는 우리 사무실 직원을 붙여줄 생각이야. 같이 상의하고, 너도 이 근처로 숙소를 잡아. 힘들면 얘기하고."

"네!"

둘 다 지영의 말에 눈을 똑바로 마주치며 대답했다.

화르르……! 마치 불이 붙은 것 같았다.

어려운 환경 속에서, 마치 연꽃처럼 피어 .있던 둘이었다.

계약서를 소중하게 품은 두 사람은 반짝이는 눈으로 지영을 바라보고 있었다. 그러다 안혜성이 조심스럽게 손을 들었다.

"왜?"

"저… 궁금한 게 있는데요."

"말해봐."

"저희 둘… 혹시 '솔' 작품에는 캐스팅 못 됐나요?"

"그건……."

지영이 대답을 하려 하자 이민정 감독이 손을 쭉 펴서 제지하곤, 상체를 마치 악당처럼 숙였다.

"자, 그 얘기는 이제 이 언니랑 해볼까?"

언니?

'나이 차이가…….'

싱긋 웃는 이민정 감독을 보면서 지영은 그 속말을 당연히 꿀꺽 삼켰다. 무섭진 않지만, 괜히 건드려서 분위기를 깨고 싶진 않았다. 각 잡힌 신병처럼 꼿꼿해진 둘을 보며 피식 웃은 지영은 자리에서 일어났다.

느낌이 왔다.

'가르칠 맛이 나겠어.'

씩.

그 생각에 저도 모르게 지영은 순수하게 즐거운 미소를 지었다.

안혜성과 이혜성의 집 문제는 오선정과 김미연이 각각 붙어 회사 근처에 괜찮을 곳을 찾아 계약까지 도와줌으로써 금방 해결이 되었다. 이사도 마찬가지였다. 살림살이라고 해봐야 꼭 필요한 몇 개를 제외하고는 없는 거나 마찬가지였기 때문에 거의 버리고 옷가지랑 정이든 물건, 가구 등만 챙겨서 바로 이사를 했다.

일주일이 지나자 정리가 좀 끝났고, 지영은 두 사람을 사무실 아래층 연습실로 불렀다. 편한 복장으로 서 있는 둘을 보며 지영은 이 둘이 혹시 쌍둥이가 아닐까… 하는 생각을 했다. 복장도 비슷하고, 좋아하는 색도 비슷한지 둘 다 핑크로 무장을 했다. 게다가 머리 스타일도 비슷하고, 외모는 거의 흡사… 했다. 눈매만 살짝 다를 뿐이었다. 신장은? 체형은? 전부 같았다.

그래서 보면 볼수록 신기했다.

"컨디션은 어때?"

지영이 그렇게 묻자 둘은 활짝 웃으며 대답했다.

"좋아요!"

"최고예요!"

파이팅 포즈를 취하는 것까지 똑같았다. 둘은 대답하고 나서 서로를 바라본 다음, 다시 활짝 웃었다. 둘은 이미 번호를 교환하고 며칠간 충분히 친해졌는지 남매처럼 가까워져 있었다. 거기다 하난 소녀 가장이고, 하난 소녀 가장의 동생이라 충분히 서로 통하는 게 있는 모양이었다.

"그 컨디션 계속 유지해야 돼. 둘 다 워낙에 마른 체형이라 따로 식단 조절은 하지 않을 테니까 먹는 거 조절하지 마. 살이 올라도 나중에 작품 들어가기 전에 조절하면 되니까. 알았지?"

"네!"

"네에!"

"그래. 그럼 앞으로 한동안은 이론부터 배울 거야. 두 사람 다 이론에 약해서 내린 결정이야."

"선생님이 안 가르쳐 주세요?"

안혜성이 서운한 얼굴로 한 질문에 지영은 바로 고개를 저었다.

"난 그다음, 실전은 내가 맡을 거야. 걱정하지 마."

"아… 헤헤."

"왜, 내가 안 가르쳐 줄까 봐 서운했어?"

"네, 헤헤."

안혜성은 그렇게 수줍게 웃으며 고개를 끄덕였고, 비슷한 표정으로 이혜성도 고개를 끄덕였다. 지영은 그런 둘을 보며 다시 피식 웃었다. 밝은 아이들이다. 은재처럼 충분히 힘들었을 텐데, 저런 밝음을 잃지 않은 모습이 참 대견했다.

"걱정하지들 말고, 이론 수업부터 착실히들 받자. 알았지?"

"네!"

"네에!"

밝은 두 사람의 대답에 지영은 고개를 끄덕이곤 폰을 꺼내 어딘가로 연락을 했다. 그러자 얼마 안 있어 한 사람이 안으로 들어왔다. 익숙한 실루엣, 옷차림인 그녀는 바로 임수민이었다. 실제 대학 교수도 하고 있는 그녀는 지영이 아는 최고의 이론, 실전 전문가였다.

"부탁할게요."

"걱정 마. 이론만 수업하면 되는 거지?"

"네."

아이들이 보는지라 존대로 지영이 대답하자 임수민이 아이들에게 시선을 고정시킨 채 다시 입을 열었다.

"연기하는 모습 한번 보고 싶은데, 시켜봐도 돼? 그래야 부족한 부분들을 집중해서 알려줄 수 있거든."

"과한 연기만 아니면 상관없어요."

"흠… 그래. 무슨 바람이 불어 천하의 강지영이 제자를 들였나 했는데……. 애들이 일단 딱 봐도 밝고 순수해 보이네. 알았어. 잘 가르칠 테니까 걱정 말고 일 봐."

"네, 부탁할게요."

"응."

지영은 고개까지 살짝 숙여 인사를 하곤 몸을 돌렸다. 자신이 있으면 두 아이가 자신을 보느라 방해가 될지도 모르니 피해줄 생각이었다.

"안녕?"

임수민의 인사를 들으며 밖으로 나온 지영은 창문을 통해 잠시 동안 세 사람을 보다가 사무실로 올라갔다. 지영이 문을 열고 들어오자 예상치 못한 손님이 손을 흔들며 인사를 했다. 오늘도 역시나, 올 블랙으로 몸을 돌돌 감고 있는 김은채였다.

"어쩐 일이야?"

"그냥, 지나가다 들렀어. 어디 갔다 와?"

"저번에 오디션에서 봤던 애들 알지? 이름 같던 애들."

"아아, 쌍성?"

쌍성?

피식 웃음이 나왔지만 아주 잘 어울리는 별명이었다.

"응, 그 애들. 걔들 내가 제자로 들였거든."

"헐. 진짜?"

"응. 연기하는 방식이 좀 위험해서, 저렇게 성장하면 나중에 큰일 날지도 몰라. 그래서 미리 고쳐놓으려고."

"오… 그거 전적으로 니 선택?"

"은재의 마음도 들어가 있는 선택이지."

"후후, 역시. 그래도 잘 선택했네. 미래의 대배우가 될 애들일 것 같은데, 나쁜 길로 들어서는 건 영 마음이 편치 않지."

호오.

김은채가 이런 말을?

지영이 좀 놀란 눈으로 바라보자 대번에 찌릿! 째림이 날아들었다.

"이제 거기 내 영역이기도 하거든? 몰라? 나 이번 작품 총괄 책임자야."

"그런 직책도 있었냐?"

"직책이야 만들면 되는 거지. 영화 산업이 안 그래도 엄청 크잖아. 그래서 고모도 이쪽에 관심 많으셔. 영화, 소설 이런 쪽에."

"흠… 그건 좋은 일이네."

"어쨌든 이제 나도 배워야 한다는 말씀. 그 애들 여기랑 계약했어?"

"응."

지영이 고개를 끄덕이자 김은채가 씩 웃었다. 그런데 그 미소가 어쩐지, 지영의 눈엔 아주 사악해 보였다. 아니, 보인 게 아니라 그냥 사악한 미소였다.

"너 뭔 생각하냐?"

"후후."

"애들 굴릴 생각하지 마라. 오 년간은 내 제자다."

"정당한 계약이면 상관없잖아?"

"그래도 혹사는 안 된다."

아직 채 여물지도 않은 아이들이다. 김은채의 성격상 타이트하게 스케줄 잡아 굴릴 게 뻔한데, 지영은 그걸 그냥 지켜볼 생각은 조금도 없었다.

"뭐 어차피 그건 애들이 좀 뜨고 나서니까, 아직은 신경 쓰지 마."

"니가 그러는데 신경이 안 쓰이겠냐?"

"후후."

다시 악당의 미소.

지영은 그냥 고개를 절레절레 저었다. 먹이를 노리는 저 맹수의 눈빛을 보니 어쩐지 쉽게 포기할 것 같진 않았다.

"은재는?"

"충주 갔지."

"아, 맞다. 요즘 충주로 출퇴근이지?"

"너한테 말 안 하디? 나보다 너한테 더 잘 얘기하잖아."

"요즘 나도 은재도 바빠서 서로 연락 거의 못 했어."

"……."

그러고 보니 그런 소리를 들은 것 같기도 했다. 학교 수업이
야 정상적으로 굴러가고 있지만 운영은 아직 이리저리 문제가
생기는 중이었다. 거대한 재단은 아니지만 천문학적인 예산이
투입된 재단이다. 지금도 하루 몇백씩 후원금이 들어오고 있
는 와중이라 운영을 맡은 이들과, 예산 집행, 검토, 사용 등의
최종 결정을 내리는 은재는 요즘 정말 눈코 뜰 새 없이 바빴
다. 하지만 그래도 항상 밝은 얼굴로 돌아와 잠에 들었다. 그
런 은재를 보면 안쓰럽기도 하지만, 반대로 너무나 행복해해
서 마음이 놓였다.

"이제 시작이니 앞으로도 한창 바쁠 거야."

지영의 말에 다시 찌릿! 쩨림이 날아들었다.

"그 정도는 나도 알거든? 날 누구라고 생각하는 거야?"

"그냥 그렇다고. 까칠하게 받기는, 쯔쯔."

지영이 혀를 차자 김은채는 소파에 깊게 몸을 묻었다.

"끝나고 한잔하지."

"또 술이냐?"

"술은 인생이지."

"인생은 개뿔. 오늘은 안 돼. 집에 일찍 들어가야 돼."

"왜?"

"지연이 생일."

"……."

김은채의 입을 닫은 지연이 생일이란 말은 거짓말이 아니었다. 실제로 오늘은 강지영의 동생 강지연이 세상에 태어난 날이었다. 음력으로 생일을 챙기는 탓에 매해 생일이 다르긴 하지만, 오늘은 진짜 지연이의 생일이었다.

"선물 사러 가야겠네."

"오게?"

"그럼 안 가? 지연이 생일인데?"

"…그래."

온다고 하는 애를 말릴 명분이 없었다. 웃기게도 애를 싫어할 것 같은 김은채는 지연을 아주 잘 챙겼다. 용돈도 넉넉하게 줘서 애 버릇 나빠진다고 임미정의 푸념을 이끌어내기도 했다. 저번에는 어린이날 생일로 백만 원이 넘는 원피스를 사주기도 했을 정도였다. 그때, 임미정은 처음으로 김은채에게 뭐라고 했었다. 김은채가 그때는 순순히 고개를 숙이긴 했지만 지영은 그런 일이 다시 일어나는 것만큼은 막기로 했다.

"비싼 선물은 안 된다."

"나 학습하는 동물이거든? 운동화나 하나 사 줄 거야."

"몰래 돈 넣지 말고."

"아, 안 그런다고!"

버럭 승질을 내는 김은채를 잠시 보던 지영은 자리에서 일어났다.

"어디 가냐?"

"화장실."

사실은 다시 아래층으로 내려가기 위함이었다.

사무실을 나와 연습실로 내려간 지영은 책상에 앉아 진지하게 수업을 듣고 있는 쌍성의 뒷모습을 가만히 바라봤다. 한 치의 미동도 없는 꼿꼿함. 저런 수업 자세를 유지하는 것도 기특하게 보일 정도였다.

잠시 뒤 쉬는 시간인지 임수민이 프로젝터를 끄고 밖으로 나왔다.

"수고했어."

"그렇게 좋아? 제자가 생겨서?"

"뭔가… 기분이 묘하네. 오랜만에 생긴 제자라 그런가?"

"후후, 그럼 나처럼 교수 일을 해."

"……"

지영은 그 말에 고개를 저었다.

저 아이들이 예쁘게 보이는 건, 불현 듯, 아무런 예고도 없이 찾아왔기 때문이다. 옥석을 가리기 위해 교수 일을 한다면 찾아도 그리 기쁘지 않을 게 분명했다. 그리고 지영은 여러 사람을 가르치는 일은 그리 좋아하지 않았다. 이전의 삶에서도 그랬다. 지영은 제자 몇을 들여서 가르치고, 다시 그 제자를 통해 다른 제자를 가르치는 시스템을 좋아했다.

"그냥 이대로가 좋아. 더 제자를 들이고 싶지도 않고."

"후후, 그래."

"연기는 봤어?"

"응."

"어땠어?"

"음……."

지영의 말에 임수민은 침음을 흘렸다. 그래서 지영의 표정도 덩달아 굳어갔다. 잠시 뒤 생각을 정리한 임수민이 천천히 말문을 열었다.

"확실히 방식이 위험하긴 하더라. 어느 정도인지 좀 보고 싶어서 슬픈 연기를 시켜봤거든? 그런데 둘 다 비슷한 반응이 나와."

"무슨 반응?"

"가상의 상황을, 자신의 상황이라고 백 프로 일치시키는 상황."

"흠……."

그래, 이 부분이 걱정되어 지영이 둘을 제자로 들이고, 임수민에게 부탁해 이론을 가르치는 중이었다. 그리고 첫날이니 변했을 거란 기대는 하지 않았다.

"몰입도가 너무 강해. 큰 사고 나기 전에 빨리 고쳐야겠어."

"이론을 주입시키고, 내가 실전에서 컨트롤하는 버릇 계속 고쳐주면 나아지겠지."

"그렇기야 하겠지. 그런데 계속 잡아주지 않으면 분명 나사 풀리듯이 다시 느슨해져서 금방 돌아올걸?"

"그럴 때 한 번씩 잡아주면 돼. 어차피 내가 어디 가는 것도 아니고. 이번엔 나랑 작품 같이하니까 괜찮고. 나중에는 한 번씩 봐주기만 하면 돼. 중요한 건 적당히 라인을 잡아주는 거야."

"그거야 니가 알아서 할 일이고. 어쨌든 기대되는 애들이긴 하다. 서원이랑 전혀 다른 방향의 천재들이라 흥미롭기도 하고. 나라도 먼저 만났으면 제자로 들였겠어."

임수민의 말에 지영은 작게 웃었다.

그리곤 다시 연습실 안을 바라봤다.

쉬는 시간인데도 임수민에게 배운 이론을 다시 한번 확인하고 있는 둘의 모습에 지영은 저절로 미소가 지어졌다.

"남은 기간 잘 부탁할게."

"걱정 마. 가게?"

"응, 오늘 동생 생일이라 일찍 들어가서 준비할 게 많아."

"아하. 알았어. 이따가 애들 데려다주고 나도 잠깐 갈게."

"그래."

자주 놀러 왔던지라 지연이도 임수민을 싫어하지 않았다. 가끔은 임미정보다도 따끔하게 혼을 내는지라 좀 무서워하긴 하지만, 그래도 가면 지연이가 충분히 좋아할 게 분명했다. 임수민과 인사를 한 지영은 그길로 퇴근을 했다. 선물이야 미리 준비해 놨기 때문에 지영은 바로 공사 중인 집을 들렀다가, 집으로 갔다. 집에 막 도착해 차를 세우자 화장실에 빠져 죽었냐고 화를 내는 김은채에게 집으로 오라고 말한 뒤 끊은 지영은 차에서 내렸다. 집으로 들어가자 이미 생일 파티 준비로 임미정이 한창 음식을 만들고 있었다.

"저 왔어요."

"왔니? 일찍 왔네?"

"네, 뭐 도와드릴까요?"

"거실에 세팅만 해줘."

"네."

지영은 임미정의 부탁에 고개를 끄덕이곤 거실로 가서 생일을 준비하기 시작했다. 동생 지연이의 생일, 오늘은 오랜만에 시끌벅적하겠다는 생각에 지영은 저도 모르게 입가에 미소를 지었다.

특별한 일이 없는 평범한 일상, 지영에겐 가장 행복한 시간이었다.

너무 행복해서 눈물까지 펑펑 터뜨렸던 지연이의 생일이 지나고, 일주일이 더 흘렀다. 지영의 일과는 여전히 변함이 없었다. 운동을 하고 회사로 출근, 대본을 읽다가 안혜성과 이혜성이 학교를 마치고 오면 임수민에게 수업을 받는 걸 보고, 다시 집으로 퇴근, 이게 전부였다.

"이제 슬슬 니가 해도 될 것 같은데?"

"벌써?"

수업을 끝내고 올라온 임수민의 말에 지영은 고개를 갸웃하며 반문했다.

"쟤네 전교 일등, 이등이래. 둘이 번갈아가면서 일등, 이등 한다던데?"

"…천재는 천재라는 건가?"

"그렇지. 근데 노력까지 한다? 무서운 애들이야."

"……."

피식.

임수민의 말에 지영은 진짜 어이가 없어 실소를 흘리고 말았다. 천재에 대한 많은 명언이 있지만 지영은 그 말 중에 정답은 없다고 생각했다. 하지만 정답에 가장 근접한 말을 하나 꼽자면, 노력하는 천재를 이길 자는 없다는 문구라 생각했다.

"습득이 정말 빨라. 거의 까먹지도 않고, 적용까지 하던데?"

"괴물들이네."

임수민의 말에 지영은 아주 솔직한 감상을 내놓았다.

"응, 괴물들. 이야, 어떻게 저런 애들을 찾았대?"

"그냥… 오디션 장에 왔어."

"운도 좋아. 어쨌든 이제 슬슬 니가 잡아줘도 될 때야."

"알았어. 그럼 내일부터 시작한다?"

"그래도 되고. 어차피 슬슬 '솔' 촬영 준비 끝나가잖아? 얼른 잡아줘야 연기에 문제가 없지. 그런데 누가 주연이야?"

"둘 다. 둘이 특색이 조금은 다르거든. 그래서 각 신마다 따로 분배해서 하려고."

"그렇게 영화를 찍는다는 소리는 처음 듣는다. 위화감이 없을까?"

"있을까? 메이크업에, 똑같은 머리 스타일, 똑같은 옷을 입히는데?"

"음……."

임수민은 지영의 말에 잠시 생각에 잠겼다가 고개를 끄덕였다.

"없겠네."

"그치?"

"응."

그녀는 순순히 수긍했다. 둘은 정말 쌍둥이가 아닌가 싶을 정도로 닮아 있었다. 목소리, 체형, 신장도 같은데 외모가 거의 판박이라 메이크업으로 조금만 손을 보면 진짜 누가 안혜성이고 누가 이혜성인지 알아보기 힘들 정도였다. 은재는 그런 둘을 전부 '솔'에 출연시키고 싶어 했다. 그것도 주인공 솔역으로 말이다. 지영과 이민정 감독은 그것 때문에 진지하게 상의를 했고, 새로운 도전을 해보자는 쪽으로 의견을 좁혔다.

'솔'의 제작을 총괄하는 김은채도 이미 재미있겠다고 고개를 끄덕인 상태였다.

"그럼 수업 끝났으니까 난 간다."

"그래, 수고했어."

"수고는 무슨, 어차피 페이도 받는데."

세상에 공짜는 없는 법이다.

서로 아무리 도와야 하는 사이라도, 돈에 연연하지 않더라도 '무료'라는 전례를 만들지 않기 위해선 계약은 필수였다. 임수민이 떠나자 지영은 연습실로 들어섰다. 지영이 들어왔는데도 둘은 오늘 배운 것을 복습하는지, 미동도 하지 않았다.

'집중도 잘하고.'

이런 애들은 성공할 수밖에 없었다.

지영은 군이 아이들의 집중을 깨지 않았다. 벽에 기대서 가만히 뒷모습을 지켜보길 10분, 안혜성이 먼저 상체를 세우고 기지개를 켰다.

"으으……."

"으음……."

그리고 동시에 이혜성도 기지개를 켰다.

이런 것까지 똑같은 둘을 보면 이제 적응이 될 때도 됐는데 신기함이 계속 들었다.

"다 정리했어?"

"응… 넌?"

"다했지. 헤헤."

"배고프다."

"샘 가셨지?"

"응……."

밝고 명랑한 안혜성의 말투, 반대로 톤은 같지만 살짝 늘어지는 이혜성의 말투가 묘하게 화음을 일으키는 것 같았다. 듣고 있자면 중독될 것 같은, 그런 대화였다.

"오늘은 여기까지 하자. 나도 너무 배고프다."

"그래……."

"집에 가면서 떡볶이 먹을까?"

"요 앞에?"

"응! 거기 맛있지 않아? 헤헤."

"맛있어. 가자, 거기."

"고!"

둘은 서둘러 짐을 챙겼다. 근데 짐이라고 해봐야 노트, 필기도구, 그리고 폰이 전부였다. 계약금이 있지만 워낙에 가난하게 살았던 둘은 거의 지출이 없는 것 같았다. 요 며칠 봤지만 처음과 지금, 변한 게 하나도 없었다.

'아, 하나 있네. 틴트.'

초등학생도 쓰는 기초 화장품. 그거 하나 샀는지 입술 색이 처음과는 달랐다. 가방을 메고 일어난 둘은 책상을 정리하고 거의 동시에 뒤를 돌았다.

"꺄!"

"꺄아!"

피식.

예상했던 반응이었다.

"공부 다 했어?"

"아… 네! 언제부터 계셨어요?"

"십 분쯤?"

"아… 히잉."

갑자기 시무룩해지는 안혜성을 보며 지영은 고개를 갸웃했다.

"왜?"

"말 걸지 그러셨어요. 선생님이랑 얘기하고 싶었는데."

"그랬어?"

"네!"

"저도요……. 헤헤."

빙구처럼 웃는 이혜성을 보며 지영은 이 아이가 이런 표정도 할 줄 알고, 이런 감정도 있구나, 라는 걸 느꼈다. 배우에게 감정이 풍부한 건 약이 되면 약이 됐지, 웬만해선 독이 되지 않았다.

"떡볶이 먹으러 가려고?"

"네! 선생님도 같이 가실래요?"

안혜성의 말에 지영은 고개를 저었다.

"나랑 같이 가면 니네 떡볶이 못 먹을걸?"

"네? 왜… 아아. 히잉."

안혜성은 단숨에 풀이 죽었다. 물론, 이혜성도 마찬가지였다. 좀 전의 대답은 거짓말이 아니었다. 지영이 떡볶이 집을 간다? 지영을 보려고 찾아온 팬들에 의해 단숨에 난리가 날 것이다. 지영은 그걸 잘 아니 둘이 아쉬워할 걸 알면서도 거절할 수밖에 없었다.

"오늘은 둘이 가서 먹어. 다음에 같이 먹자."

"진짜요?"

"그래."

"히히, 네!"

"얼른 가봐."

"네! 선생님 안녕히 계세요!"

꾸벅.

둘은 90도로 허리를 숙여 지영에게 인사를 하고는 연습실을 나섰다. 둘이 도란도란 얘기를 나누며 복도를 걸어가는 걸 지켜보던 지영도 사무실로 올라갔다. 위로 올라가니 이민정 감독이 와서 기다리고 있었다.

"오셨어요?"

"응. 이거, 최종 대본이야."

"아, 택배로 보내주셔도 되는데, 감사합니다."

"감사하기는. 이렇게 얼굴 한 번씩 보고 하는 거지."

그렇게 말하며 건네는 대본을 받은 지영은 겉면에 심플하게 '솔'이라고 적힌 제목을 바라보다가 첫 장을 열었다. 지금 전부 확인할 생각은 아니지만 그래도 은재의 첫 작품이 영화로 만들어지는 거라 느낌이 새로웠다.

"세트장은요?"

"다다음주면 세팅 끝나. 넌? 컨디션은 어때?"

"좋아요. 전에 없이."

"다행이네. 이번에도 신들린 연기를 기대해도 되겠지?"

"맡겨주세요."

후후, 이민정 감독은 만족스럽게 웃고는 자리에서 일어났다.

"벌써 가시게요?"

"응, 오늘 미술 팀 회식시켜 주려고."

"아……."

이민정 감독이 영화를 찍을 때 가장 신경 쓰는 게 바로 소품이다. 소품의 배치, 배열이 예술이란 평가를 받는 이민정 감독이기에 그녀와 함께하는 미술 팀은 항상 작품이 정해지면 촬영이 끝날 때까지 매일 매일이 전쟁이었다. 그래서 그녀는 다른 팀에게 양해를 구하고 항상 미술 팀을 좀 더 챙기곤 했다.

"같이 갈까요?"

"오려고?"

"네, 고생하시는데, 제가 한번 쏘고 싶어서요."

"아냐, 굳이 안 그래도 돼. 어차피 다 지원 나오거든. 그 아가씨 성격은 까칠해도 사람은 잘 챙기던데?"

"은채가 회식비 줬어요?"

지영이 놀란 눈으로 묻자 이민정 감독은 바로 고개를 끄덕였다.

"응, 통 크게 쏴주던데? 왜 이렇게 많이 줬냐고 물으니까 어차피 고생은 스태프와 배우 다 같이 하는 거라면서, 그들 사기를 올리지 못하면 좋은 작품 못 나오는 거 아니냐고. 그러면서 주더라."

"호······."

김은채는 확실히 사람을 다룰 줄 알았다.

말은 싸가지 없게 해도, 하는 짓이 대기업의 갑질 같아도, 실제로는 전혀 그렇지 않았다. 전형적인 츤데레가 바로 김은채였다. 물론, 그녀가 진짜 화가 나면 살벌하긴 하다. 작정하면 정말 모든 방법을 총동원할 수 있는 능력과, 재력과, 머리가 있었다. 즉, 건드리지 않으면 그냥 츤데레일 뿐이지만, 잘못 건드리는 순간 희대의 악녀, 마녀가 되어버리는 게 바로 김은채였다.

"오늘은 할 얘기도 길고 하니까, 다음에 총 회식 때 같이하자."

"그래요, 그럼."

"오케이. 그럼 날 잡으면 알려줄게. 간다?"

"네, 들어가세요."

이민정 감독이 떠나고, 지영은 다시 소파에 앉아서 대본을 펼쳤다. 그리곤 곧, 그 속으로 빨려들어 가듯이 여행을 떠났다.

＊ ＊ ＊

짝짝!

"다시."

"헉, 헉······."

안혜성은 지영이 박수를 치곤 냉정하게 다시라고 말하자, 허리를 굽히고 숨을 헐떡였다. 그런 안혜성은 흠뻑 젖은 것처럼 땀을 흘리고 있었다. 항상 입던 트레이닝복도 땀에 젖어 피부에 착 달라붙어 있었다.

"허리 세워."

"헉, 헉······. 네!"

그래도 안혜성은 힘차게 대답하며 다시 상체를 세웠다. 육체적인 탈진이 아니었다. 정신을 극한으로 몰아붙여서 나온 탈진이었다. 지영이 직접 가르쳐도 되겠다는 임수민의 말이 끝난 다음 날부터, 지영의 하드 트레이닝이 시작됐다. 지영은 일단 과한 몰입을 방해하기 위해 정신적으로 두 제자를 몰아붙였다. 탈진 상태에서 감을 잡게 만들 생각이었고, 이 방법은 임수민도 괜찮다며 고개를 끄덕였다. 한 번, 한 번이다.

'똑똑한 아이들이니까, 한 번만 감 잡으면 나머지는 쉽게 갈 수 있어.'

그런 마음에 지영은 독하게 몰아붙였다.

이혜성은 이미 연습실 한 구석에 대자로 뻗어 있었다.

두 사람의 몰입은, 생각보다 단단했다.

어느 연기를 해도 둘은 대본에 따른 설정을 스스로 상상해 주변에 덧씌워 버렸고, 그렇게 창조된 세상은 마치 금강석처럼 단단해 적당히 두들겨서는 아예 깨지질 않았다. 그래서 지영은 둘의 체력, 정신력을 완전히 말리는 작업을 매일 하고 있었다.

"후읍, 하아. 후읍, 하아……."

"준비 끝났으면 시작해."

심호흡을 하는 안혜성을 향해 지영은 팔짱을 끼고 냉정한 어조로 다시 재촉했다. 그러자 울상이 된 안혜성이 눈을 감고 다시 몰입을 시작했다. 몇 분이 지나 다시 눈을 뜬 안혜성. 지영은 거의 현혹 수준으로 안쓰럽게 풀려 있는 눈빛을 보곤 팔짱을 천천히 풀었다.

"아저……."

짝!

대사가 나오는 순간 지영은 강하게 박수를 쳤다.

"아……."

지영의 박수에 몽롱하던 안혜성이 눈빛에 빛이 들어왔다.

"하아……."

지영은 조용히 한숨을 내쉬었다. 강렬한 몰입은 관객에게 최고 수준의 카타르시스를 선사한다. 그건 부정할 수 없는 사실이다.

'하지만 배우에겐 제 살 깎아먹기지.'

정신력이란 것 자체가 사람마다 전부 다르다. 지금까지 본 바에 위하면 아직 두 제자는 어리지만 또래의 아이들보다 멘탈은 단단했다. 불우했던 어린 시절을 힘겹게 이겨내고 이 자리에 서있는 게 그 증거였다.

하지만 딱 거기까지였다.

그 어떤 에너지에도 한계는 명확하게 있었다.

무한동력이라는 것 자체는, 단어만 존재할 뿐이란 소리다.

그럼 그 정신력의 총량이 모두 닳고 나면?

광인이 될 수도 있고, 그 보다 더 최악의 상황이 올 수도 있다. 지영은 많이 봤다. 단명한 천재들을 말이다. 자신의 주변에도 수두룩하게 있었다.

"안혜성."

"네……"

"과해. 힘을 좀 더 빼."

"그게… 아는데 잘 안 돼요. 힝."

땀을 줄줄 흘리면서도 애써 웃는 안혜성을 보자 지영은 가슴이 욱신거렸다. 제자로 들였기 때문에, 제자가 힘들게 웃는 게 당연히 아팠다. 가능하면 지영도 이렇게 하고 싶지 않았다.

"후우… 오늘은 여기까지 하자. 이혜성!"

"네에……!"

벌떡!

대자로 뻗어 있던 이혜성이 지영의 부름에 얼른 일어나 달려왔다.

"앗!"

그러다 안혜성이 흘린 땀에 발이 미끄러졌고, 지영은 얼른 이혜성을 잡았다.

"아…….."

"조심, 그리고 안 뛰어와도 돼."

"네에……."

지영이 대답을 듣고 놔주자 이혜성은 주춤주춤 움직여 안혜성의 옆으로 가서 섰다. 나란히 선 두 제자를 잠시 바라봤다. 땀으로 아예 샤워를 한 것 같았다. 그만큼 지영이 혹독하게 몰아붙였고, 둘은 그래도 잘 따라는 왔다.

"오늘은 여기까지 하자. 김지혜 매니저님한테 말해놓을 테니까, 샤워하고 바로 집에 가."

"네."

"네에."

"집에 가서 바로 저녁 먹고, 쉬어. 가능하면 바로 잠드는 게 좋아. 오늘 안 된 거 괜히 히려고 하지 마. 당분간 연기는 내

앞에서만 해. 알았지?"

"네."

"네에."

"수고했어."

지영은 그 말만 남기고 바로 돌아섰다. 그러자 뒤에서 '수고 하셨습니다!' '감사합니다!' 따로따로 인사가 들려왔다. 지영은 손만 흔들어주고 바로 연습실을 나섰다. 그리곤 벽에 등을 기대고 잠시 숨을 돌렸다.

"힘드네……."

두 제자들도 힘들지만, 지영도 충분히 지쳤다.

반드시 해야 할 일이긴 하지만, 너무 힘들어하는 두 제자를 보니 못 할 짓을 하는 것 같아서였다.

"후우……."

하지만 그래도 이미 제자로 들였다.

그럼, 끝까지 책임지는 게 지영의 신조였다.

'적어도 스스로 자립할 수 있을 때까지만…….'

그때까지는, 무슨 일이 있어도 챙길 생각이었다.

그런 생각을 품은 채, 지영은 다시 몸을 세워 사무실로 올라갔다.

저녁 8시, 지영도 퇴근할 시간이었다.

천재(天才), 이 극소수의 족속들은 역시 범인과는 달라도 매우 많이 달랐다. 지영이 제자들을 가르치기 시작한 지 일주일, 둘은 벌써 어느 정도 감을 잡았다. 이번엔 이혜성이 하루쯤 빨랐다. 서로 이제 절친이 되긴 했지만 라이벌 의식이 확실히 자리 잡은 둘이라 이혜성이 감을 잡으니 다음 날 바로 안혜성도 감을 잡고 연습에 나왔다.

한번 감을 잡으니, 그다음부터는 고속도로처럼 난 길을 혼자 달리는 것처럼 둘은 쭉쭉 성장했다.

지영이 요구하는 것들을 모두 클리어하고, 감정을 자유자재로 다루는 경지까지 가는 데 딱 2주밖에 걸리지 않았다.

서로 주거니 받거니, 대사를 연습하고 있는 제자들을 바라보며 지영과 임수민은 피식, 실소를 흘렸다.

"진짜 무서운 애들이네."

"동감, 이제 감만 잃지 않으면 더 가르칠 것도 없겠어."

"그러게. 천재라는 족속들은 저런 게 무서워. 범인은 정말 상상도 할 수 없는 속도로 성장하니까. 참 불공평해, 그치?"

"불공평하지."

지영은 고개를 끄덕이며 그 말에 수긍했다. 사실 영화계에서 가장 천재라 불리는 건 강지영 본인이었다. 그 누구도 지영이 천재라는 사실을 부인하지 않았다. 초등학교 1학년, 8살 때 그가 '제국인가, 사랑인가'에서 보여줬던 연기는 솔직히 천재라는 단어조차 넘어선, 거의 변종(變種)에 가까웠고, 그 때문에 충격을 받은 이들이 한둘이 아니었다. 영화계가 정말 오랜만에 나타난 천재로 인해 한참을 들썩였을 정도였다. 그 뒤의 행보도 마찬가지였다.

'리틀 사이코패스'.

전문가들이 말하는 지영의 인생작 중 하나다.

'피지 못한 꽃송이여'의 파격도 엄청났지만, 고작 아홉 살짜리 아이가 보여준 연기는 단순히 천재적이란 말로 표현하기에는 무리가 많았다. 그 연기는, 연기가 아니었다. '리틀 사이코패스'. 지영은 제이 그 자체였다.

정말 로빈 쿡 소설 속의 VJ처럼, 실험을 통해 태어난 아이 같았다. 인류의, 인간의 욕심이 만들어낸 괴물, 그 자체로밖에 보이지 않았다. 그래서 그 작품의 연기 하나로 지영은 희대의 천재가 되었다.

다신 없을 천재.

하지만 지영은 스스로가 천재가 아님을 아주 잘 알았다.

그리고 그건 임수민도 마찬가지였다.

둘은 천재가 아니었다.

기억, 연륜, 경험, 등을 통해 배역을 소화하는 배우에 불과했다.

눈앞에 저 아이들보다 연기를 잘하는 건 맞지만, 그게 재능

으로 인한 건 절대로 아니었다. 그저, 둘이 다른 사람들에게
비해 너무 '특별'할 뿐이었다.

"저런 애들은 주변도 힘들게 할 거야."

"자괴감을 일으키겠지."

"응, 맞아. 저런 재능은 잘 쓰면 축복이지만, 어떻게 보면 사
실 저주에 가까워. 저 아이들을 니가 발견하지 못했다면, 다
른 이들은 발견했을까? 눈썰미가 좋으면 그래, 알아볼 수는
있겠지. 하지만 그뿐일걸. 너처럼 이렇게 케어까지 해주진 않
았을 걸. 그럼 자신의 재능을 만천하에 과시했을 거고, 그럴
수록 저 아이들의 속은 곪아가겠지."

"……."

지영은 그 말에 말없이 고개를 끄덕였다.

임수민이 한 말은 부정할 수 없는 사실이었다.

'아주 조금도 말이지.'

그런 면에서 저 둘은 지영을 만난 것 자체가 축복이었다.
저주가 될 뻔한 재능이, 축복이 되어 개화를 준비하고 있으니
말이다. 어떤 시각으로 봐도 저 둘을 지영이 먼저 발견한 건
정말로 천운이었다.

"낼모레 발표회지?"

"응."

"오픈할 거야?"

"……"

임수민의 질문에 지영은 잠시 답을 아꼈다. 솔직히 말하면 오픈하고 싶지 않았다. 안 그래도 '솔'에 대한 얘기를 김은채가 의도적으로 언론에 흘리고 있어 관심도가 매우 높아져 있는 상태였다. 주연배우 캐스팅이 끝났다는 소식도 이미 전부 알려져 있었다. 이러한 소식이 알려지면서 지금 '솔'은 세계적인 관심을 이끌고 있었다. 그래서 과연 누가 '솔'의 주인공이 되는 행운을 거머쥐었는지, 관심도가 엄청났다.

그래서 지영은 숨기고 싶었다. 이 부분은 이민정 감독도 의견이 같았다. 제작 총괄 책임자인 김은채도 같은 의견이었다. 하지만 상식적으로 작품의 주연배우가 되는, 극을 아예 관통하고, 끌고 가는 배우를 숨긴다?

충분히 욕먹고도 남을 짓이었다.

그래서 고민이었다.

오픈을 할지, 아니면 의견대로 숨기고 갈지.

"후우……"

한숨을 내쉰 지영은 말문을 열었다.

"아직은 모르겠네. 가능하면 의견대로 가고 싶지만, 배우를 숨기는 건 솔직히 그날 찾은 기자들에 대한 예의가 아니니까. 게다가 지금 관심이 엄청나잖아? 그러니 최소한의 보답은 해 줘야지. 그래야 기자들도 쓸 기사가 있을 거고."

"그렇기야 하네. 뭐, 아직 시간 있으니까 잘 결정해 봐."

"그래."

지영은 다시 둘에게 시선을 돌렸다.

여전히 대사를 주고받으며 연기를 하고 있는 안혜성과 이혜성의 모습에 지영은 슬그머니 웃음이 나왔다. 이제는 지영이 요구한 '적당히'를 아주 잘 컨트롤하고 있었다. 게다가 서로를 자신의 공간에 완전히 동화시켜 놓아 위화감이 거의 없었다. 지금 저 둘은 약간 몽롱한 느낌에서 연기를 펼치고 있을 것이다.

근데 그 정도면 충분했다.

저 정도로도 지금 대사, 몸짓, 손짓, 본인이 품은 감정은 관객에게 아주 확실하게 전달될 테니 말이다.

"어디까지 성장할지 참 기대되네."

"……."

임수민의 말에 지영은 고개를 끄덕이는 걸로 대답을 대신했다. 지영의 답을 들은 임수민은 곧 자리에서 일어났다.

"난 가봐야겠다. 화보 촬영이 있어서."

"고맙다."

"고맙기는. 우리 사이에. 간다."

"그래."

손을 살살 흔들며 임수민이 연습실을 나가자 지영은 자신이 건네준 대본의 대사를 전부 끝내고 허리를 숙인 채 숨을 몰아쉬고 있는 둘에게 다가갔다.

"잘했어."

"헉, 헉……. 잘했어요?"

안혜성이 반사적으로 허리를 세우며 묻자 지영은 고개를 끄덕였다. 나무랄 곳 없는 연기였다. 대사도 틀리지 않았고, 발음도 틀리지 않았고, 감정도 과하지도, 모자라지도 않았다. 대본을 손에 쥐고 있었지만 몸짓, 손짓도 각 대사에 맞게 완벽했다.

"응, 잘했어. 이제 감은 다 잡은 것 같네."

"헤헤……."

"다행이다……."

지영의 말에 안혜성과 이혜성은 땀을 줄줄 흘리고, 지쳐 헐떡거리면서도 웃음을 지었다. 지영은 그 모습조차 보기 좋았다.

"내일모레 제작발표회 있는 거 알지?"

"네."

"네에……."

미묘하게 다른 대답을 들으며 지영은 예전에 물었던 것에 대한 답을 물었다.

"어떻게 하고 싶어?"

"음……."

"……."

지영의 말에 둘은 고민스러운 표정을 지었다.

이미 이 둘에게는 이민정 감독과 김은채의 의견을 전달했다. 당연히 지영 본인의 의견도 같이 전달했다.

제작발표회.

신인에게는 아주 욕심나는 자리다.

게다가 조연도 아니고, 시작부터 주연의 자리다. 엄청난 스포트라이트를 받을 수 있는, 배우로서의 출발을 알리는 자리다. 그러니 욕심이 안 날수가 없었다. 그게 끝이 아니었다. 지영이 선택한 신인이라는 타이틀도 붙는다.

이미 인생 역전 상황이지만, 그 타이틀이 붙으면 둘은 정말 완벽한 인생 역전의 길에 발을 올리는 것과 마찬가지였다.

하지만 그럼에도 고민하는 것은 지영이 안혜성과, 이혜성이라는 천재를 오픈하고 싶어 하지 않는다는 점이었다. 이민정 감독의 의견도 그렇고, 총괄 책임자라는, 무서운 김은채의 의견도 지영과 같았다.

스승이자, 은인이기도 한 지영의 의견이니 고민이 안 될 수밖에 없었다.

"저는 샘 의견에 따를게요."

"저도요."

좀 더 적극적인 안혜성의 말에 이혜성이 동의하며 고개를 끄덕였다. 하지만 지영은 고개를 저었다.

　"날 생각해서 너희들이 하고 싶은 것도 못 하게 되면, 나중에도 계속 내 눈치를 봐야 돼. 그러니 나는 너희들의 솔직한 의견을 듣고 싶어."

　"아……."

　"네……."

　지영의 말에 둘은 바로 풀이 죽었다.

　그런 둘의 머리를 한 차례 쓰다듬어 준 지영은 다시 입을 열었다.

　"걱정하지 마. 어떤 선택을 내리더라도 난 너희들의 의견을 존중할 테니까."

　"네… 그럼. …설레요."

　"저, 저도요오!"

　그렇게까지 얘기하고 나자 솔직한 본심이 나왔다.

　지영은 대답을 들은 후 씩 웃었다. 안심시켜 주기 위해서였다.

　"그래, 그러자. 감독님이랑 은채한테는 내가 얘기해 놓을게."

　"네!"

　"네에!"

　둘의 힘찬 대답을 들은 지영은 오늘은 수업을 끝내고 바로 사무실로 올라와 이민정 감독과 김은채에게 둘을 발표회에 공개하자는 의견을 전했다. 그러자 둘은 바로 알았다는 메시지를 보내왔다.

"그럼 이제 결정됐고……."

제작발표회 뒤, 이제 촬영에만 들어가면 된다.

지영은 기대가 됐다.

두 천재와 함께할 순간이, 그리고 은재의 작품을 연기할 순간이, 그 순간이 매우 기대가 됐다. 그런 두근거리는 마음을 다시 속에 고이 집어넣은 지영은 시간을 확인했다. 8시. 슬슬 은재가 돌아올 시간인지라 지영은 사무실을 정리하고 바로 퇴근을 했다.

*   *   *

'솔', 제작발표회.

이번에도 여전히 대성호텔에서 열린 제작발표회가 열리는 컨벤션 홀에는 아직 시간이 되지 않았는데도 기자들로 만원이었다. 오늘 기자들은 제작발표회를 매우 기대하고 있었다. 일단, 카메라 앞에 잘 서지 않는 유은재와, 작 중 키다리 아저씨 윤 역을 맡는 지영이 함께 나온다고 했기 때문이었다.

은재는 아지도 뜨거운 감자였다.

이제는 정상 궤도에 오른 학원에 대한 궁금증도 있었고, '솔'의 차기작에 대한 궁금증도 너무나 많았다. 지영이야 워낙에 말도, 탈도 많은 배우라 질문하고 싶은 게 산더미였다.

그리고 이번 제작발표회의 최대 궁금증은 다른 게 아니었다. 바로 '솔'의 주인공을 맡은 여주인공!

전 세계가 주목하는 '솔', 아직도 흥행 중인 그 작품의 여주인공 역은 정말 초미의 관심사였다. 그런 마음으로 100명이 훌쩍 넘는 기자들이 컨벤셜 홀에 모두 모여 있었다. 이들이 질문 목록을 점검하고, 기기를 세팅하고 있을 때 지영도 이미 미팅 룸에 도착해 있었다.

"기분이 어때?"

발목까지 내려오는 똑같은 새하얀 쉬폰 원피스를 입은 안혜성과 이혜성은 메이크업까지 받고나자, 정말 판박이가 따로 없었다.

"신기해요. 와……."

"우와……."

머리스타일까지 똑같이 해놓으니까, 둘은 서로를 보며 놀라서 입을 벌렸다. 지영은 그런 둘의 반응에 피식 웃고 말았다. 서로가 그럴진데, 지켜보고 있는 사람들은 얼마나 놀라울까. 지영은 설마 이 정도일까 싶었다.

확실히 닮았기 때문에 메이크업과 의상을 통일하면 위화감이 전혀 없을 거라는 건 예상하고 있었다. 물론 아주 미묘한 차이는 있을 거라고 생각했다. 눈썰미가 좋은 사람이라면 알아차릴, 그런 미세한 차이 말이다.

그런데 그런 차이가, 신들린 이성은의 메이크업으로 인해 씻은 듯이 사라졌다.

"어머어머, 너희 정말 쌍둥이 아니니? 피검사 해봐야 하는 거 아냐?"

한정연이 지영의 의상을 가지고 뒤늦게 들어왔다가 둘을 보곤 깜짝 놀라 그렇게 말하자 둘은 어색하게 웃었다.

"저희 혈액형이 달라요. 헤헤."

"네에, 쌍둥이는 아니에요……. 헤."

그러면서 나온 수줍음 가득한 대답에 쪼르르, 한정연이 옷을 놓고 달려가 둘을 폭 안았다.

"귀여운 것들……. 흐흐."

그리곤 뺨을 부비부비했다.

"아 언니! 메이크업 망가져요!"

"다시 하면 돼!"

"아아, 진짜!"

결국 그 부비부비로 인해 안혜성과 이혜성은 다시 메이크업을 받아야 했다. 그렇게 둘을 신기하게 바라보기를 한참, 제작 발표회 시간이 됐다.

"자, 그럼 갈까?"

"네!"

"네에!"

지영의 말에 힘차게 대답한 둘은 긴장 가득한 얼굴로 일어났다. 첫 무대. 백 명이 넘는 기자들 앞에 서는, 첫날이다. 긴장이 안 될 수가 없었다. 하지만 심호흡 몇 번으로 그 부담감을 이겨낸 둘은 곧 지영의 뒤에 섰다. 그런 둘을 대견하게 바라본 지영도 곧 대기실 문을 열었다.

'슝'.

지영에게도, 은재에게도 큰 의미가 있는 작품의 시작을 알릴 시간이었다.

촤라라라락!

눈을 뜨기도 힘들 정도로 엄청난 플래시 세례가 강단 위에 서 있는 지영 일행에게 쏟아졌다.

"으으……."

"눈아파… 힝."

아직 경험이 없는 둘은 쏟아지는 플래시 세례를 감당하지 못하고 눈을 잔뜩 찡그리고 있었다. 카메라 앞에 서본 경험은 당연히 없다. 지영이 연습을 시켜주긴 했지만 그것과 지금은 차원이 완전히 달랐다.

몇 십 명이 카메라를 터뜨리니 둘은 눈을 뜨기도 힘들 지경이었다.

"최대한 자연스럽게, 미소 지어야 된다. 안 그럼 나중에 기사 정말 볼만하게 뜰 거야."

"네……"

"네에……"

둘의 상태를 보다 못한 지영이 나직하게 속삭이고 나서야 둘은 겨우겨우 미소를 그릴 수 있었다. 그리고 곧, 적응해 갔다. 역시 둘은 강심장이었다. 처음에는 눈도 못 떴는데 몇 분이나 지났다고 벌써 여유로운 미소까지 지으며 손을 흔들었다.

"야 대박……. 주연이 쌍둥이였어?"

"그런 거 같지? 이건 진짜 전혀 생각도 못 했는데?"

기자들은 사진을 찍으면서도 그런 말을 주고받았다. 후배 기자들은 사진과 함께 바로 기사를 써서 데스크에 메일을 보내고 있었다. 이런 건 시간 싸움이다. 먼저 내면 조회수를 팍팍 올릴 수 있기 때문이었다.

포토 타임이 끝나고, 사회자의 진행에 따라 지영은 의자에 앉았다. 그 순간에도 간간히 플래시는 터지고 있었다. 자리배치는 이민정 감독이 첫 번째, 그다음 은재, 안혜성, 이혜성, 그리고 지영이 끝에 앉았다.

오늘의 주인공은 누가 뭐라고 해도 은재고, 그리고 솔 역할을 맡을 안혜성과 이혜성이다. 작품에서도 마찬가지다.

원작자가 은재고, 지영은 작 중 하나의 배역을 맡은 배우로 남을 생각이었다. 절대로 솔보다, 눈길을 끌고 싶은 생각은 없었다.

"우와… 엄청 많다."

"응……."

둘의 감탄사에 지영은 작게 웃고는, 다시 작게 말했다.

"그런 표정도 다 사진으로 찍힌다. 나중에 너희들 데뷔하고 나면 영원히 떠돌아다니는 유령짤이 될걸?"

"헙……."

"조신……."

피식.

역시나 반응이 재밌었다.

지영이 다시 몸을 세우자 사회자가 '솔'에 대한 소개를 했다. 하지만 그건 소설에 대한 소개였고, 영화에 대한 소개는 이민정 감독이 직접 일어나서 했다. 그리고 그녀가 간략하지만, 핵심을 짚어 설명을 끝내자 기자들의 손이 우르르 올라갔다.

"자자, 시간 충분히 드릴 테니까 너무 급하게 그러지들 마세요. 하하. 어, 싸움은 더 안 됩니다? 하하."

유쾌하고 능숙하게 사회자가 기자들을 진정시키곤 한 명씩 질문을 받기 시작했다.

첫 번째 질문은 당연히 '솔'의 주연배우에 대한 질문이었다. 지금 앉아 있는 이 쌍둥이들이 주인공 솔 역을 같이 맡는 거냐는 한 기자의 질문에 이민정 감독이 씩 웃은 뒤 대답을 시작했다.

"맞아요. 이 둘이 '솔'의 주인공입니다. 하지만 틀린 게 하나 있네요. 안혜성 양과 이혜성 양. 예명이 아닌 실제 성이 아예 달라요. 즉, 혈연관계는 아닙니다."

"어?"

"진짜?"

"대박……!"

이민정 감독의 대답에 기자들은 다시 플래시 세례를 터뜨렸다. 그리곤 후다닥 기사를 써서 데스크에 보냈다. 본래 영화의 제작발표회는 이렇게 호들갑을 떨며 진행되진 않는다. 그런데도 이렇게 어수선하고, 기자들의 관심이 극도로 높아진 건 역시 지영과 은재 때문이었다. 솔 역할에 대한 궁금증도 엄청났는데 그에 대한 소소한 정보가 풀리자 얼른 클릭 전쟁에 보내고 있었다.

두 번째 질문이 날아들었다.

그럼 이 쌍둥이처럼 똑 닮은 배우를 어디서 찾았냐는, 좀 싱거운 질문이었다. 이 질문도 이민정 감독이 직접 대답했다.

"오디션을 치렀어요. 여기 옆에 있는 원작자가 솔 역할에 대한 관심이 매우 높았고, 알려지지 않은 마스크와, 배우가 딱 '솔' 그 자체이길 바라며 치러진 오디션이었는데 거기서 발견했죠."

촤라라라락!

다시 카메라 플래시가 터지고 대답은 기자 각자의 노트북에서 정보화가 되어, 역시나 데스크로 슝 날아갔다.

세 번째 질문이 들어왔다.

이번에도 이민정 감독이 받았다.

"네, 연기 경험이 전혀 없는 신인입니다."

"그럼 연기력에 문제는 없을까요?"

한 기자가 훅 치고 들어와 반문하자 이민정 감독은 아주 자신만만하게 웃었다.

"연기력 문제요? 제가 제 이름을 걸고 맹세하고 싶은 게 하나 있어요. 그게 뭔지 알아요?"

알 리가 있나.

그렇게 한번 호흡을 끊었던 이민정 감독은 의미심장한 눈빛, 표정으로 다시 말문을 이었다.

"바로 이 아이들이 왕년의 강지영에 비교해 전혀 꿀리지 않는 천재라는 사실이에요."

"허……."

이민정 감독의 호언장담에 기자들이 전부 탄성을 흘렸다. 지영이 데뷔하고 지금까지 수많은 천재들이 있었지만 감히 지영에게 비교한 천재는 없었기 때문이었다. 기자들의 시선이 이민정 감독에서 지영에게로 넘어왔다.

지영은 천천히 마이크를 잡았다.

"이민정 감독님의 말이 사실인가요?"

"네, 사실입니다. 이 아이들, 저와 비슷한 천재들입니다."

"……."

"헐… 대박!"

기자들은 처음엔 반신반의하다가 지영이 사실이라고 하자 그제야 호들갑을 떨며 분주히 기사를 써 내려가기 시작했다. 지영이 인정한 천재의 등장! 정도의 타이틀이 붙어서 지금 이 멘트도 잠시 뒤 기사화될 것이다.

"어디 보자… 대림중 이 학년 안혜성, 이혜성이라."

전에 송지원 사건 때 왔었던 믿을 만한 기자가 둘의 프로필을 보며 중얼거리곤, 다시 고개를 들어 어느 정도 안정을 찾은 둘을 바라봤다.

"아무리 메이크업을 했다고 해도 그렇지……. 이렇게 닮았는데 자매가 아니라고?"

"그죠? 누가 봐도 자매인데……."

"일단은 아니라니까 아닌 거겠지. 그런 걸로 거짓말해 봐야 남는 것도 없고. 큼큼."

"뭐 일단, 그래도 이슈거리는 충분히 되겠는데요? 천하의 강지영이 선택한 천재 배우. 그것도 둘."

"이슈 되고도 남지. 지영이에 대한 기사는 거의 기본 평타는 치니까."

"맞아요. 평타는 치죠. 오히려 기삿거리가 너무 없어서… 어휴, 데스크에서 매일 뭐라고 한다니까요?"

"이해해야지. 힘든 일 겪었잖냐."

"그러니까 선은 안 넘잖아요."

"그래, 넘지 마라. 넘으면 뒤가 아주 매서울 거다."

"네네."

그렇게 떠드는 얘기가 소란스러운 와중에도 지영의 귀에 희미하게나마 들려왔다. 하지만 험담도 아닌지라 지영은 다시 막 손을 들고 일어선 기자에게 시선을 돌렸다. 그 기자는 은재에게 질문을 했다.

학원 일은 어떠냐는 질문이었다.

매우 무난한 질문이었다.

애초에 거르고 걸러서 기자다운 기자들만 들어온지라 이상한 질문을 하는 기자는 없었다. 무난하면서도, 꼭 듣고 싶은 질문들만 계속 이어졌다. 안혜성, 이혜성에게도 질문이 계속

이어졌다.

둘은 지영을 힐끔힐끔 보면서도 또박또박 잘도 대답했다.

물론 미리 집안 사정, 지영이 도와준 것은 얘기하지 말라고 했기 때문에 그 부분에 대한 것은 발언하지 않았다.

그러다 나이가 지긋해 보이는 기자가 안경테를 매만지며 질문을 던졌다.

"두 분은 계속 강지영 씨를 선생님이라고 부르던데, 혹시 지영 씨에게 연기를 배우고 있나요?"

정중한 어조로 나온 그 질문에 안혜성과 이혜성은 난감한 표정으로 지영을 바라봤다. 지영은 다시 마이크를 들었다.

"맞습니다. 제가 제자로 들였습니다."

"제자… 말인가요? 사제 관계를 얘기하는 겁니까?"

사제 관계라.

요즘은 보통 쓰이지 않는 말이지만 지영에겐 오히려 익숙한 단어였다. 고개를 끄덕인 지영은 다시 바로 대답했다.

"맞습니다."

"오……."

"우와……."

"대박……."

차분했었던 분위기가 일시에 술렁이기 시작했다. 사실 지영의 나이가 그리 많지 않아 제자를 두기에는 좀 애매했다. 하지만 그의 연기 실력은 가히 세계에서도 최고 수준이었기 때문에 제자에 대한 말이 아예 없던 건 아니었다. 그렇지만 사실 많은 이들이 생각하지 않았던 부분이었다.

그런데 뜬금없이, 갑자기 제자가 등장한 것이다.

그것도 하나가 아닌 둘이나 말이다.

"그것참… 반가운 소식이군요. 한국 영화계에 복이 되겠어요. 허허."

노기자의 말에 지영은 씩 웃었다.

"저도 그렇게 될 거라 생각합니다."

"다른 학생을 가르칠 생각은 여태 없으셨고, 그렇다면 저 두 신인 배우에게 특별한 무엇인가가 있다는 말인데… 알려주실 수 있나요?"

참으로 부드러운 화법을 구사하는 노기자의 말에 지영은 다시 고개를 끄덕였다. 못 말해줄 것도 없었다. 둘이 제자라는 사실은 이미 여기서 알리기로 예정되어 있었고, 이런 질문이 들어올 것이라는 것도 충분히 예상했기 때문이었다.

"가르치는 재미가 있는 제자들입니다."

"호오, 가르치는 재미라……. 그렇군요. 대답 감사합니다."

"네."

가르치는 재미, 이렇게 말하면 알아서들 해석할 것이다.

뒤이어 질문이 계속됐다.

질문 대상자도 다양했다.

지영을 포함해 이민정 감독, 은재, 안혜성과 이혜성 등등, 전과는 다르게 거의 두 시간 가까이 질문을 받고 나서야 사회자가 질문 타임을 끝냈다. 그 뒤로 다시 각자 포부와 각오를 얘기하고, 라스트 포토 타임을 가진 뒤 제작발표회가 끝이 났다.

대기실로 은재와 함께 돌아온 지영은 얼른 지쳐 보이는 은재를 소파에 앉혔다.

"괜찮아?"

"응? 아아, 피곤하긴 한데, 그래도 괜찮아. 흐흐."

특유의 웃음을 들으니 그래도 좀 안심이 됐다.

"오늘은 회식 안 해?"

"회식? 하고 싶어?"

"응! 이런 피로를 푸는 데는 회식만 한 게 없잖아? 흐흐."

"그래, 그러자, 그럼."

아직 회식이 결정되진 않았지만 이런 날 그냥 갈 이민정 감독이 아니었다. 안혜성과 이혜성이 은재의 옆에 조심스럽게 앉을 때쯤 이민정 감독이 안으로 들어왔다. 지영은 바로 그녀에게 다가갔다.

"감독님."

"응?"

"오늘 회식 예정 있던가요?"

"회식? 음, 까먹고 있었네? 왜? 회식하고 싶어?"

"은재가 하고 싶어 해서요."

"그래? 그럼 해야지."

이민정 감독은 바로 몸을 돌려 박수를 세게 쳤다.

짝짝!

갑자기 울린 박수 소리에 모두의 시선이 곧바로 그녀에게 몰렸다.

"다들 오늘 고생했어요. 저녁에 시간들 있으시죠? 갑시다, 회식!"

"와!"

일하는 게 고역인 직장에서의 회식은 일의 연장선상일 뿐이지만, 이민정 감독처럼 자유롭고, 지영의 회사처럼 프리한 회사에서의 회식은 그 자체로 즐거운 시간이 된다. 그래서 그녀가 회식이란 말을 꺼내자 미팅 룸에서 뒷정리를 하고 있던 스태프들이 일시에 소리를 질렀다.

"다들 후딱 뒷정리하고, 항상 가던 곳으로 가죠. 오케이?"

"네!"

지영도 몇 번 가본, 특이한 형태의 술집을 말함이었다. 육해공의 진미를 접할 수 있는 곳, 전에 지영도 한번 갔었는데 맛이 기가 막혔었던 기억이 있었다. 항상 가던 곳이란 곳이 궁금했는지 은재가 지영을 올려다보며 물었다.

"어디야?"

"있어. 여기서 그렇게 안 멀어."

"분위기 좋아?"

"맛도 좋지."

"흐흐, 기대된다. 아! 아버님하고 어머님한테는 내가 가면서 연락할게!"

"그럴래?"

"웅! 흐흐! 선정 이모!"

은재가 부르기 무섭게 유선정이 유령처럼 스윽 나타났다. 그녀가 핸드폰을 건네주자 은재는 바로 강상만과 임미정에게 전화를 해 회식이 있음을 알렸다. 옆에서 듣는 사람이 부담스러워할 지도 모를 정도로 살갑게 구는 은재였다. 통화를 끝낸 은재가 양손을 쭉 뻗었다.

"가자!"

지영은 피식 웃곤 은재를 안아들어 다시 휠체어에 태웠다.

"감독님 저 먼저 갈게요!"

은재가 이민정 감독을 향해 소리치자 그녀는 고개만 슬쩍 돌려 손을 흔들었다. 문을 열고 딱 나오기 무섭게, 그녀가 있었다.

"나 빼놓고 술 마시러 가시게?"

"귀신이네, 진짜."

"내 술촉이 기가 막히지 또. 은재야. 한 시간이면 끝나니까 장소 문자 보내."

"응!"

은재가 대답을 하자 김은채는 바로 손을 흔들며 떠났다. 지영은 그녀가 가는 모습을 보다가 엘리베이터로 향했다. 걸어가면서 지영은 속으로 생각했다.

'술 못 마셔 죽은 귀신이라도 붙었나?'

음음… 가능성이 있었다.

피식. 그런 실없는 생각을 하며 지영은 호텔을 떠나, 회식 장소로 향했다.

Chapter93
솔 크랭크인

제작발표회가 끝나고, 이 주 뒤에 배우들은 서울 근교로 속
속 모여들었다. 아침 일찍 도착한 지영은 차에서 내려 주변을
둘러봤다. 지영에게는 익숙한 장소였다. '피지 못한 꽃송이여'
와 '리틀 사이코패스'를 찍은 세트장 단지였기 때문이다.

  "샘, 안녕하세요!"

  "안녕하세요오……."

  이른 아침이라 하품을 하는 이혜성과, 오히려 더욱 에너지
가 넘쳐 보여 오랜만에 서로 달라 보이는 안혜성이 먼저 도착
해 기다리고 있다 지영이 내리자 쪼르르 달려왔다.

"그래, 안녕. 잘 잤어?"

"네!"

"네에……."

유난히 힘들어 보이는 이혜성을 보며 지영은 피식 웃었다. 너무나 똑같은 둘이지만 이혜성은 아침에 매우 힘들어하는 타입이었다.

"이혜성 잠 못 잤어?"

"아뇨… 푹 잤는데, 그래도 졸려여."

발음까지 늘어질 정도로 졸린가 보다. 하지만 시간이 지나면 기운을 차리는 걸 아는 지영이라 그냥 고개만 끄덕이고 말았다. 스태프들에게 인사를 하며 대기실에 도착한 지영은 앞에 나란히 앉은 둘을 바라봤다.

첫 촬영이다.

인생에, 이제 배우로 들어가는 대망의 첫걸음을 떼는 날이 바로 오늘이었다. 그런데 하난 싱글벙글, 마냥 신난 얼굴이었고 하난 그냥 잠에서 못 깬 평범한 소녀의 얼굴이었다. 하지만 지영은 속으로 고개를 끄덕였다.

'다행이네.'

적어도 첫 촬영에 대한 부담감으로 잠을 설친 것 같지도 않았고, 당일인 지금도 크게 긴장한 기색은 아니었다. 적당한 긴장은 당연히 그 어떤 상황에서도 도움이 되지만, 과한 긴장은 반대로 모든 걸 망쳐 버리기도 한다.

이 부분은 이미 임수민에게 이론 수업을 받을 때 수도 없이 들었고, 스스로 마인드 컨트롤로 잘 적용하고 있었다. 지영은 그러한 둘이 매우 기특했다.

"아침은?"

"늦잠 자서 못 먹었어요. 힝."

"저도요……."

지영의 말에 둘 다 배를 살살 만지면서 헤헤, 쑥스럽게 웃었다. 지영은 애는 애라는 생각에 김지혜에게 도시락을 부탁하는 메시지를 보냈다.

"얘들아, 메이크업하자!"

"네!"

"네에."

이성은이 들어오며 힘차게 외치자 둘은 벌떡 일어나 거울 앞으로 다시 쪼르르 달려갔다. 요즘은 이성은과 한정연을 거의 엄마처럼 따르는 둘이었다. 아닌 게 아니라 실제로 이성은과 한정연은 둘의 집에 주말마다 직접 만든 반찬을 보낼 정도였다. 그러다 보니 안혜성과 이혜성은 지영의 회사와 계약한 지 얼마 되지도 않았는데 둘을 엄마처럼 따랐다. 실제로 한정연과 이성은의 딸들이 둘의 나이와 같기도 했다.

지영은 둘이 메이크업을 받는 모습을 잠시 보다가, 밖으로 나갔다. 첫 촬영을 위해 분주히 움직이는, 낯이 많이 익은 스태프들이 가장 먼저 보였다. 잠시 그 모습도 바라보던 지영은 미술 팀과 함께 소품을 세팅 중인 이민정 감독에게 다가갔다.

"감독님, 안녕하세요."

"어? 왔어? 일찍 왔네? 아직 두 시간이나 남았는데."

"분위기 좀 익혀야죠."

"그래도 일찍인데? 니 차례는 점심 넘어서잖아."

"괜찮아요, 그 정도야."

"그래? 그럼 뭐. 우리 배우님이 그렇다는데. 후후. 애들 컨디션은 어때?"

"이혜성이 좀 졸려하긴 한데, 그거야 잠깨면 나아질 거예요. 안혜성은 문제없고."

"후후, 하여간 제자도 너 닮아서 참 강심장이야. 보통 첫 데뷔작은 엄청 떠는데."

"그러게요. 애들이 강심장이긴 하네요."

강심장이라는 게, 배우로서는 절대로 나쁘지 않은 조건이었다. 이민정 감독이 세팅 중이었던지라, 짧은 대화를 조금 더 나누고 지영은 조연 배우들과 인사를 나누고 다시 대기실로 들어갔다. 안혜성의 메이크업이 끝나고, 이혜성이 메이크업을 받고 있었다. 제작발표회 때와는 전혀 다른 수수한 메이크업이었지만 그래도 둘의 얼굴은 시간이 지날수록 점점 똑같아

져 갔다. 1시간이 지나 메이크업이 끝났을 땐, 누가 안혜성이
고 누가 이혜성인지 헷갈릴 정도였다.

"얘들은 메이크업할 때마다 느끼지만, 참 신기해. 어쩜 이리
닮았지?"

"헤헤."

이성은의 말에 안혜성과 이혜성은 서로를 바라보며 해맑게
웃었다. 그리곤 거의 동시에 일어나서 지영의 앞으로 다시 쪼
르르 달려왔다.

"샘! 저 어때요?"

"무슨 대답을 기대하는 거야?"

"솔직한 대답이요!"

"못생겼어."

"악!"

"앗!"

이번에도 조금 다른 탄성을 흘린 둘은 나란히 좌절 자세를
취했다. 그러거나 말거나, 지영은 소파에 앉아 대본을 펼쳤다.

"와서 대본 다시 한번 확인들 해."

"네!"

쪼르르.

마치 엄마 뒤만 졸졸 쫓아다니는 강아지 같았다.

지영의 앞에 대본을 각자 든 둘은 금세 진지한 눈빛으로 변

했다. 공과 사를 철저하게 나누는 모습은 임수민도 지영도 가르치지 않았다. 그냥 둘이 알아서 잘하고 있는 것들 중 하나였다.

"첫 번째 신은 안혜성이 들어가고, 두 번째 아이들 다독이는 신은 이혜성이 들어가. 알고 있지?"

"네, 샘."

"네에."

'솔'의 첫 장면.

첫 페이지를 넘기면 우울한 분위기가 펼쳐진다. 시작이 솔 엄마의 장례식이 첫 내용이기 때문이었다. 그래서 극은 시작부터 우울하다. 두 동생을 둔 솔. 천애 고아였던 엄마. 텅 빈 장례식 장엔 조문객이라곤 한 명도 없었다. 가난하기 때문에 장례식장을 잡을 돈도 없지만 이건 솔 엄마의 하나밖에 없는 친구인 윤이 마련해 준 것이다. 하지만 거기까지, 딱 거기까지였다.

멍하니 아이들을 품에 안고 영정 사진을 보는 첫 신, 이 신은 안혜성이 맡기로 했다. 신기하게도 좀 더 밝은 안혜성이 이런 장면에 더 어울렸다.

텅 빈 동공, 초점을 잃은 눈빛, 혼이 육신을 떠난 사람을 표현하는 건 앞으로 전부 안혜성 차지였다.

반대로 이혜성은 애잔한 장면에 어울렸다.

억지로 힘을 내는 모습, 자신도 죽을 만큼 힘들지만 겨우겨우 참아가며 동생들을 챙기는 모습에서 뿜어져 나오는 안타까움, 안쓰러움, 챙겨주고 싶은, 보호해 주고 싶은 감정들은 이혜성이 어울렸다.

애초에 살짝 백치미인 이혜성이기도 했다.

"첫 신부터 너무 몰입하지 마. 그동안 연습한 것들 다 기억하지?"

"네!"

"딱 그 정도만 해. 그 정도만으로도 충분히 관객은 니가 표현하는 감정을 같이 느끼고, 같이 슬퍼해 줄 테니까."

"네에."

"다시 한번 강조하지만, 절대로 과하면 안 된다."

네!

다부진 대답을 들은 지영은 그제야 고개를 끄덕였다. 둘 다 신인이니 실수는 할 수 있다. 그건 그 누구도 문제 삼지 않을 것이다. 하지만 처음의 연기 방식으로 돌아가 NG가 나는 건 안 될 일이었다.

그래서 지영은 전에 없이 강조하고, 또 강조하는 중이었다.

셋이 앉아 대본을 보다 보니 시간은 금방 지나갔다. 그렇게 아침 9시가 됐다. 대망의 첫 신 촬영이 시작될 시간이었다.

고요해진 현장에서, 이민정 감독이 메가폰을 천천히 들어 올렸다.

"레디, 액션."

                    *   *   *

사진 속, 엄마는 웃고 있었다.

솔은 그 사진을 하염없이 바라봤다.

검은색 띠가 붙은 사진이 가지는 의미는 솔도 이제 잘 안 다. 몇 년 전, 아빠의 사진도 저런 띠를 달았다. 흐릿하게 기억 나는 사진 속 아빠도 엄마처럼 웃고 있었다. 하지만 솔은 그 사진을 보며 웃을 수 없었다.

웃기는커녕, 오히려 눈물이 날 것 같았다.

"엉니! 엉니! 어마 왜 저기쪄?"

동생 선아의 말에 솔은 웃었다.

웃어야 했다.

선아는 아직 발음도 제대로 못 하는 여섯 살이었다. 이 아 이에게 저 사진의 의미를 설명하기에는 무리였다.

그래서 솔은 웃었다.

"엄마 예쁘지?"

"웅! 히히! 예버!"

앞 이빨이 빠져서 발음이 쭉쭉 샜다. 평소라면 '아이고 우리 선아 귀엽다!' 하고 볼을 꼬집어줬을 텐데… 솔은 지금 그럴 힘도 없었다. 쉬고 싶었다. 이 시간이, 얼른 지나갔으면 싶었다.

"엉니, 절려."

"선아 언니 허벅지 베고 잘래?"

"웅……."

"자, 여기."

톡톡, 자신의 허벅지를 치자 선아가 얼른 머리를 댔다.

"엉니, 서나 자잔가……."

"자장, 자장……."

솔은 선아의 부탁을 얼른 들어줬다. 선아는 예민한 아이였다. 여기서 자신이 눈물을 흘리면 덩달아 같이 울 거고, 겨우겨우 버티고 있는 감정이 둑이 무너진 것처럼 물밀 듯이 몰려올 게 불 보듯 뻔했다. 그 상황이 솔은 제일 무서웠다.

"코……."

선아가 잠들었다.

선아보다 한 살 위 남동생 준우는 밖에서 친구들이랑 노느라 정신이 없었다. 준우는 조금 느렸다. 남들보다 뭘 하든, 조금씩 느렸다. 육체의 성장도, 인격, 인성의 형성도, 전부 느렸다. 그래서 선아보다 현실을 파악하는 게 항상 늦었다.

준우는 아무것도 모른다.

알려고 하지도 않았다.

그저 지금 이 순간, 자신과 놀 친구들이 있다는 사실에만 만족해서, 본능이 시키는 대로 놀고 있었다.

"엄마, 어쩌지?"

솔의 가정은 언제나 쪼들렸다.

막내 선아를 낳고 몸이 급속도로 안 좋아지신 엄마, 그런 엄마를 대신해 밤낮 없이 일하셨던 아빠, 그럼에도 엄마의 약 값과, 삼남매로 인해 사정은 전혀 좋아지지 않았다. 그러다 아빠가 사고로 돌아가셨다.

그때, 가정이 무너질 뻔했다.

정부와 복지 재단을 통해 어찌저찌 가정을 겨우 유지할 수 있었다. 그렇게 악착같이 살았다. 쪼개고, 쪼개서, 살림을 이어갔다. 병석에 누운 엄마를 대신해서. 엄마는 항상 미안해했다. 솔아, 미안해. 너무 미안해, 솔아. 이런 말을 입에 달고 사셨다. 그런 엄마가, 결국 눈을 감았다. 세상천지에 자신과 동생 선아, 준우만 남겨놓고 두 분 다, 하늘나라로 가셨다.

"엄마, 나 어떡해? 선아랑, 준우는 어떡해? 아빠, 왜 먼저 갔어?"

솔은 저도 모르게 혼잣말을 시작했다.

감정을 막고 있던 둑에 금이 갔다.

어쩔 수 없는 일이었다.

이제 중학생인 소녀가, 엄마를 잃은 슬픔을 참고 견딜 수는 없는 노릇이었다. 아무리 일찍 철이 들었다고 해도, 아무리 또래 아이들보다 성숙하다고 해도, 솔도 아이였다. 성숙해 봐야, 철이 일찍 들어봐야 그저 또래보다 조금, 더 나은 정도였다.

또르르.

뚝, 뚝, 뚝.

결국 눈물이 떨어져 내렸다.

"흑……."

솔은 얼른 소매로 눈물을 훔쳤다.

선아의 볼에 눈물이 떨어져, 곤히 잠든 선아가 깰 것 같아서였다. 솔은 얼른 사진에서 시선을 뗐다. 하지만 얼마 지나지 않아 다시 사진을 바라봤다. 보고 싶었다. 조금이라도 더, 1초라도 더 보고 싶었다.

하지만 사진 속에서 환하게 웃는 엄마를 보면 자꾸 눈물이 차올랐다.

어느 순간, 솔은 깨달았다.

없다.

이제 엄마는 없다.

사진으로밖에 볼 수 없다.

이제 엄마의 얼굴을 매만질 수도, '미안해, 솔아' 하는 말도,

'솔아, 밥 먹었니' 속삭이듯 힘없이 해주는 말도, 곤히 잠든 엄마의 모습도, '이잉' 하며 애교를 부릴 수 있는 유일한 엄마의 품도, 이제는 없는 거다.

다시는, 만질 수도, 들을 수도 없는 거다.

솔을 그걸 깨닫고 나자, 가슴 한쪽이 텅 비어감을 느꼈다.

'없어? 아, 없구나. 이제는… 없구나.'

엄마.

세상에서 유일한 내편.

이 세상이 솔을 싫어해도, 오직 솔만을 이해해 주고, 사랑해 줄 단 한 사람.

그게 사진 속, 엄마다.

"하하……."

허탈한 웃음이 나왔다.

그 허탈함 속에는 말로 설명 못할 감정이 섞여 나왔다.

솔은 사진을 다시 바라봤다.

엄마의 모습이 흐려지는 것 같았다.

눈물이 흐르는 건 아니었다.

"……."

지잉…….

어떤 울림이, 뇌 속을 흔드는 것 같았다.

하지만 솔은 무시했다.

그냥, 그냥 사진을 바라봤다.

솔은, 부정하기 시작했다.

엄마의 죽음을.

"컷!"

효과를 넣는다면 안혜성의 눈빛이 회색이 되었을 때쯤, 이민정 감독은 컷을 외쳤다. 그러자 '후우…' 한숨을 내쉰 안혜성이 눈을 감고 감정을 다잡았다. 그걸 지켜보던 이민정 감독은 같이 연기를 지켜보던 지영에게 물었다.

"어때?"

첫 촬영에, 첫 신이고, 게다가 데뷔 신이기도 했다. 충분히 긴장을 하고도 남을 상황인데도 안혜성은 충분히 신을 잘 소화했다. 하지만… 과했다.

"과한데요?"

"그치? 너무 텅 비었어. 저렇게까지 몰입한다는 게 정말 신기하긴 한데, '솔'은 밝은 영화야. 첫 신부터 이렇게 가면 색이 너무 짙어져. 게다가 이혜성의 신과도 갭이 커질 거고."

"맞아요."

"잘하긴 했지만… 다시 가야겠다. 그 전에 일단 확인 좀 하고."

지영은 손짓으로 안혜성을 불렀다. 연기는 긴장 없이 잘해

놓고, 지영이 부르자 오히려 긴장한 표정으로 쪼르르 달려왔다.

"네!"

"일단 모니터부터 하자."

"넵!"

기합이 잔뜩 든 신병처럼 대답한 안혜성이 얼른 지영과 이민정 감독 뒤로 돌아왔다. 영상을 확인하는 내내 세 사람은 조용했다. 모니터를 두 번이나 돌려보고, 지영은 안혜성을 향해 물었다.

"어때?"

"네?"

"니가 보기엔 연기 잘한 거 같아?"

"……"

지영의 질문에 안혜성은 즉답하지 못했다. 곰곰이 생각에 잠긴 안혜성을 지영은 보채지 않고 기다려 줬다. 스스로 문제점을 인지하는 건, 앞으로 배우의 길을 걷기 위해서는 배우 중요한 요소였다. 안혜성의 생각은 길었다. 스스로의 연기를 처음 모니터해 봤으니 아마 뭐가 뭔지 제대로 알지도 못할 가능성이 컸다. 하지만 그런데도 지영은 알려주지 않고, 제자의 대답을 기다렸다. 이민정 감독도 그런 지영의 뜻을 읽고, 잠자코 기다렸다. 그렇게 두 사람이 기다리는 가운데 5분쯤 지나고 나서야 안혜성이 입을 열었다.

"잘은 모르겠는데… 마지막에는 좀 과했던 것 같아요."

"마지막?"

"네, 그때 진짜… 엄마가 미워졌거든요. 이후로 잘 생각도 안 나고……. 죄송합니다. 그렇게 주의를 주셨는데……."

꾸벅.

그리곤 안혜성이 고개를 숙이자 피식, 이민정 감독이 실소를 흘렸다.

"이거야 원… 천재들은 원래 이래? 막 시작부터 다 알고, 다 깨닫고 그래?"

"……."

으쓱.

지영이 침묵으로 어깨를 으쓱하자 이민정 감독은 다시 고개를 절레절레 젓고는 말을 이었다.

"무섭다, 무서워. 천재인 건 알고 있었지만… 이건 좀 너무하네. 얘네 또래 애들이 너무 불쌍하다, 너무 불쌍해."

어이가 없다는 어조로 말하는 이민정 감독의 감상에도 지영은 대답하지 않았다. 이민정 감독의 말에 공감하기 때문이다. 배우의 연기력을 나이로 따지는 시대는 이미 예전에 지났지만 그래도 동갑내기라는 타이틀을 붙여 연기를 비교하는 기사는 인터넷에 검색만 해봐도 수두룩하게 올라온다.

지영이야 워낙에 독보적이라 비교 자체가 불가능해 거의 없었지만, 다른 배우들끼리는 아니었다.

그런데, 여기 또 지영의 뒤를 이을 만한 천재가 등장했다. 지금도 충분히 많은 안혜성, 이혜성 또래의 배우들이 있으니… 둘의 연기가 만천하에 공개되는 순간 비교는 피할 수 없을 것이다.

"저……."

고개를 든 안혜성이 조심스럽게 지영을 불렀다.

"맞아. 마지막에 과했어. '솔'은 비극 영화가 아니야. 역경을 이겨내는 청춘 영화지."

"……."

"근데 마지막엔 거의 세상이 무너지다 못해, 부정까지 하더라. 그 대상이 너는 엄마였겠지?"

"네……."

"그게 심했어. 솔은 엄마를 사랑해."

"……."

안혜성도, 이혜성도 같은 방식의 연기를 펼치는데, 그 연기의 단점이 바로 이런 부분이었다. 각을 잘못 잡으면, 곧바로 대본의 설정과 어긋난 감정선을 잡아버린다. 아직은 어려서 이 부분에 대한 컨트롤을 지영이 잡아주고는 있지만 언제까지고 그럴 수는 없는 노릇이다. 그러니 지영은 이 둘에게 '적당히'라는 것을 초장에 확실히 잡아줄 생각이었다.

"죄송합니다."

"죄송하기는, 처음인데. 다시 찍을 건데 잘할 수 있지?"

"네!"

안혜성은 씩씩하게 대답한 뒤 다시 쪼르르 달려가 대본을 확인했다. 지영은 그 모습을 바라보며 저도 모르게 웃었다.

"그렇게 좋아?"

"뭐… 그렇죠. 제자가 성장하는 걸 보는 기분은 언제나 좋잖아요?"

"너도 좀 팔불출 기질이 있네?"

"저도 평범한 인간인걸요."

"평범? 허이구, 평범이 다 얼어 죽었다. 야, 니가 평범하면 지구상의 수십억 인구는 저능아냐? 말이 되는 소릴 해, 말이."

뭐, 저능까지야…….

이민정 감독의 극단적인 단어 선택에 지영은 그냥 멋쩍은 웃음으로 대답을 대신했다. 굳이 더 겸손을 떨어 구박받고 싶은 생각은 없었다. 대본을 다시 한번 숙지한 안혜성이 다시 자기 자리로 이동했다.

그리곤 눈을 감고 천천히 감정을 다잡기 시작했다.

그녀가 몰입을 시작하자 세트장 주변이 다시 고요해졌다. 이민정 감독 사단은 항상 같이해서 이런 건 이제 굳이 따로 사인을 줄 필요도 없었다. 감정을 다 잡은 안혜성이 눈을 떴다. 마지막 장면과는 다르게, 혼탁하긴 하지만 그리움과, 슬픔, 애잔함이 적당히 믹스되어 있는 눈빛이었다.

"감정 좋고."

그걸 확인한 이민정 감독이 씩 웃고는 메가폰을 들어 올렸다.

"레디, 액션."

*　　　　*　　　　*

"하하……."

허탈한 웃음과 함께 영정 사진을 멍하니 보는 안혜성을 카메라 여러 대가 돌아가며 찍었다. 슬프고, 아프고, 그리운 눈빛이었다가, 다시 아무것도 생각하지 못하는 듯이 멍한 눈빛으로 변했다.

그렇게 한참, 한참을 찍고 나서야 이민정 감독은 다시 메가폰을 들어 올렸다.

"컷!"

그녀는 그 짧은 한 단어를 울리고 나서 천천히 자리에서 일어났다. 지영도 같이 일어났다. 짝, 짝짝짝. 그리곤 박수를 치기 시작했다. 데뷔한 신인이 첫 신을 훌륭하게 소화하고 나면 보내주는 격려의 박수였다.

"아……."

그제야 멍하니 있던 안혜성이 짧은 탄성과 함께 고개를 도리도리 털어 감정을 흩어내곤 자리에서 천천히 일어났다. 지영은 미리 준비해 두었던 꽃다발을 들고 안혜성에게 다가갔다. 그리곤 영문을 몰라 어리둥절한 안혜성에게 꽃다발을 건넸다.

"축하해."

"네?"

"첫 신을 끝냈잖아. 이제 너도 어엿한 배우가 된 거야."

"아……."

"자, 받아."

"……."

울먹울먹, 꽃다발을 품에 안은 안혜성의 눈가에 물기가 가득 차오르기 시작했다. 어려웠던, 불후했던 어린 시절을 전부 보상받고 나면, 아마 지금의 이 어린 여학생이 느끼는 감정과 비슷할까? 처음에는 그저 훌쩍이던 안혜성이 결국에는 눈물을 뚝뚝 떨어뜨리며 울기 시작했다. 지영은 그런 안혜성의 머리를 부드럽게 쓰다듬었다.

"그동안 고생했다."

"흑… 샘……."

안겨오는 안혜성을 지영은 거부하지 않았다. 그리곤 등을 쓰다듬어 줬다. 한참을 울고 나서야 안혜성은 지영의 품에서 벗어났고, 볼을 발갛게 물들인 채 쪼르르, 메이크업을 수정하러 갔다.

짝짝!

"자, 다음 신 준비할게요!"

이민정 감독이 그렇게 외치자 스태프들이 얼른 움직여 세트장의 소품을 변경했다. 이번 신은, 이혜성의 차례였다. 슬픔을 억누르며 동생 선아와 준우의 밥을 챙겨주는 장면이다. 애틋하다 못해, 가슴을 쿡쿡 찌르는 슬픔이 느껴져야 하는 신이었다. 별거 아닌 장면 같지만 극의 초반 분위기를 설정하는, 매우 중요한 신이었다.

안혜성과는 다른 분위기를 가진 이혜성은 이런 감정을 표현하는 거의 모든 신을 촬영하기로 되어 있었다. 아무도 없는 텅 빈 장례식장, 일을 도와주는 아줌마도 없는 곳에서, 이번 신을 촬영한다.

선아와 준우 역을 맡을 아역들이 엄마들의 설명을 듣고, 자리를 잡았다. 그리고 둘에게 이혜성이 다가갔다.

"안녕?"

"안냐세여!"

"안녕하세요……."

이혜성의 인사에 부끄러움이 많은 선아 역을 맡은 이선아와 준우 역의 활기찬 서준이 인사를 했다.

"잘 부탁할게."

이혜성은 그런 둘의 머리를 쓰다듬으며 잘 부탁한다는 인사와 함께 자리를 잡았다. 그러자 폭, 서준과 선아가 이혜성의 품에 안겼다. 아직은 어린아이들이었다. 실제로도 어렸고, 극 중 동생들도 어렸다. 어리광을 부리는 건 당연한 일이었다. 하지만 충분히 교육을 받았는지 서준이와 선아는 얌전하게 안겨 있었다. 촬영장의 분위기가 다시금 고요하게 가라앉아 갔고, 또 다른 천재, 이혜성의 첫 신이 시작될 순간이었다.

"레디, 액션."

*　　　　　*　　　　　*

솔은 수저에 밥을 조금 떠서 준우의 입으로 가져갔다.

"준우야, 아."

"아… 암."

야무지게 떠준 밥을 먹는 준우를 보며 솔은, 웃었다. 그런데 그 웃음은 너무나 슬펐다. 너무나 처연했다. 누군가가 지켜봤다면, 입술을 깨물거나, 가슴을 부여잡았을 것 같았을 정도로 안타까운 미소였다.

슬픔은 가시지 않았다.

아직도 믿겨지지 않았다.

하지만 동생 선아와 준우는 아무것도 몰랐다. 저 영정 사진
의 의미도…… 그래서 배가 고프다며 졸랐다. 낮에 윤이 와
서 시켜주고 간 밥은 그대로 다 있었다. 하필이면 동생이 좋
아하는 빨간 고깃국과 전, 간을 한 고기도 있었다.

진미채를 볶은 반찬은 선아가 가장 좋아하는 반찬이었다.

"엉니! 엉니! 서나 이거! 이거 저!"

"응, 선아… 아."

"아… 냠!"

준우에게 지기 싫었는지 똑같이 야무지게 밥을 먹는 선아
를 보며 솔은 웃고 있지만 눈물이 날 것 같았다. 솔은 두 동생
의 밥을 챙기면서, 세상 천지에 이제 동생들과 자신만 남았다
는 사실을 깨달았다.

이제 이 아이들의 미래를 같이 걱정해 줄 존재가, 이제는
없다.

"느나! 느나! 꼬기! 꼬기!"

"준우 고기 줄까?"

솔은 준우가 올려다봐서 황급히 떨어지는 눈물을 다시 소
매로 닦고, 애써 웃었다.

"느나 우러?"

"아니? 누나가 왜 울어. 이렇게 웃고 있는데. 자! 누나 봐라!
헤헤!"

동생 준우가 누나 우냐는 말에 선아까지 솔을 올려다봤다.
솔은 웃었다. 웃어야 했다.

'웃어, 솔! 웃어야 돼! 울면 안 돼!'

솔은 준우와 선아 몰래 허벅지를 꽉 꼬집었다. 허벅지에서
올라오는 아찔한 통증이, 눈물을 쏙 집어넣는 데 그래도 도움
이 됐다.

"머야! 엉니 안 울자나!"

"아냐! 쫌 저네 우러써!"

준우의 발음 그대로 나오는 말에 솔은 무심결에 웃고 말았
다.

"우리 준우랑 선아, 언니 앞인데 싸울 거야?"

"아니! 주누 안 싸우 꺼야!"

"엉니! 나더! 나더! 서나도 안 싸우 꺼야!"

솔의 말에 두 동생은 얼른 고개를 흔들며 솔에게 안겼다.
솔은 그런 두 아이의 머리를 쓰다듬다가, 다시 힘차게 말했다.

"자! 얼른 밥 먹자!"

"웅!"

"우웅!"

솔은 준우를 챙겼다가, 다시 선아를 챙겼다가 하며 식사를

끝냈다. 중간중간에 물을 주는 것도 잊지 않았다. 솔직히 어려운 일은 아니었다. 아픈 엄마 대신 항상 두 동생의 밥은 솔이 직접 챙겼었기 때문이었다.

20분쯤 걸려 두 동생의 식사를 다 챙겨준 솔은 먹자마자 또 넓고, 텅 빈 장례식장을 뛰어다니기 시작하는 동생들을 보다가 자리에서 일어나 자신이 먹을 밥과 반찬을 펐다.

"에헤헤!"

"이히히!"

동생들의 웃음소리를 들으며 솔은 자리에 앉아 식사를 시작했다.

밥은 고소했다.

국은 따뜻했다.

고기는 맛있었다.

반찬도 맛있었다.

하지만 이상하게, 솔은 밥이 목으로 넘어가질 않았다. 밥은 퍽퍽했고, 국은 짰으며, 고기는 비렸고, 반찬은 맹맛이었다. 솔에게는 정말 모든 게 그렇게 느껴졌다. 하지만 그게 아님을 아는지라, 솔은 아랫입술을 꾹 깨물었다.

아팠다.

허벅지를 꼬집었던 것만큼 통증이 일어나 솔을 일깨웠다.

"먹자, 솔. 솔아 너는 쓰러지면 안 되니까… 억지로라도 먹자."

그렇게 자신을 세뇌하고는, 크게 밥을 떠서 입에 넣었다.

이제 강해져야 했다.

세상 그 누구보다 강해져서, 동생들을 지켜줘야 했다.

그러려면, 잘 먹고, 잘 자고, 공부도 열심히 하고, 뭐든 그냥 다 열심히 해야 했다. 그런 마음에 솥은 밥을 국에 전부 말고 걸신들린 사람처럼 퍼먹기 시작했다.

뚝, 뚝.

동그란 플라스틱 그릇 위로 눈물이 떨어지는 순간까지 모두 카메라에 담기고 나자 이민정 감독은 메가폰을 들어 올렸다.

"컷!"

연기 종료를 알리는 컷 소리에 이혜성은 힘겹게 움직이던 수저질을 우뚝 멈췄다. 그리곤 천천히 고개를 들었다. 눈빛에는 아직 슬픔과 어떻게든 힘을 내야 한다는 집념이 담겨 있었다.

"어때?"

"흠……."

솔직히 말하자면 좀 애매했다.

이혜성의 연기는 사실상 부족함이 없었다. 신인이라고 하기엔 말도 안 되는 연기를 보여주기도 했다. 하지만 지영은 언뜻 언뜻 보이는 욕심을 읽었다. 그 욕심은 안혜성보다 잘하고 싶다는, 라이벌 의식에서 비롯된 욕심이었다. 그래서 안혜성처럼… 과한 부분이 있었다. 하지만 그걸 트집 잡기에는 또 너무나 미세했다.

지영도, 이민정 감독도 그런 사소한 부분을 캐치하는 데는 이골이 난 사람들이었다. 그래서 그 작은 부분을 어떻게 해야 할지, 고민이 됐다.

"애매하죠?"

"응, 애매하네. 아주 미세하긴 한데……."

역시 이민정 감독도 지영과 같은 의견이었다. 지영은 이혜성을 바라봤다. 이혜성은 자리에서 일어나 두 손을 모으고 담담한 표정으로 지영과 이민정 감독을 보고 있었다. 눈빛에 잘하고 싶다는 욕심 같은 건 이미 씻은 듯이 사라진 뒤였다.

'본능적으로 튀어나온 거겠지.'

동시에 제자가 됐고, 뮤지컬도 아닌데 유례없이 한 배역에 동시 캐스팅이 됐다. 그러다 보니 이혜성이 안혜성에게 라이벌 의식을 가지는 것도 무리가 아니었다.

'하기야 그건 안혜성도 마찬가지니까.'

물론 당연히 안혜성도 이혜성을 라이벌로 생각하고 있었다. 그런데 연기 때 그게 무의식적으로 튀어나오지 않은 건, 안혜성이 좀 더 이성적이라는 뜻이었다. 하지만 어차피 과한 부분은 아니었다.

한 시대를 풍미했던 메시와 호날두도 선의의 경쟁을 통해 자신의 실력을 갈고 닦았으니 말이다.

적당한 라이벌 의식은 오히려 긍정적인 효과를 낳을 것이다.

"애매한 게 있으면, 그냥 바로잡죠?"

"그치, 그게 낫겠지?"

"네."

지영은 첫 신을 안혜성이 먼저 소화하면서 데뷔 축하까지 받았다고 해서 이혜성을 봐주고 싶은 마음은 없었다. 그건 작품에도, 그리고 제자에게도 좋지 않은 영향을 미칠 게 분명했기 때문이었다. 지영은 그런 꼴은 볼 생각이 없었다.

안혜성처럼, 지영은 이혜성을 손짓으로 불렀다.

그러자 호… 작게 한숨을 내쉰 이혜성이 지영에게 얼른 다가왔다.

"일단 영상부터 볼까?"

"네에……."

이민정 감독은 이혜성의 대답 직후 바로 카메라를 돌렸다. 두 번을 연속해서 돌려본 다음 지영은 안혜성에게 했던 똑같은 질문을 이혜성에게 던졌다.

"뭐가 잘못됐는지 알겠어?"

"네에."

"말해봐."

"네, 안혜성보다 잘하고 싶은 욕심이 생겼어요. 그래서 중간에 호흡이 어긋났어요."

살짝 나른하게 나온 이혜성의 대답에 이민정 감독은 그냥 고개를 절레절레 저었다. 더 이상 말해봐야 자신의 입만 아프니 그냥 포기해 버렸다. 지영은 그냥 고개만 끄덕였다.

"다시 갈 거야. 잘할 수 있지?"

"네에."

눈빛이 살짝 변했다.

백치미가 사라지고, 다부진 눈빛으로 말이다. 지영은 그런 이혜성의 변화에 웃었다. 지금의 모습은 욕심이 아니었다. 해내고야 말겠다는 다짐이 깃든 눈빛이었다. 자신을 믿어주는 스승의 마음에 보답하고 싶은, 그런 눈빛이었다.

지영은 고개를 끄덕이는 걸로 대답을 대신 했다. 이혜성은 지영이 그렇게 답을 하자 바로 자리로 돌아갔다.

"밥 먹는 장면부터 갑니다. 다들 준비해 주세요!"

이민정 감독이 크게 외치자 스태프들이 일사분란하게 움직여 반찬을 다시 세팅했다. 다시 김이 모락모락 나는 밥과 국을 세팅하고, 반찬을 가지런히 정리했다. 스태프들이 세팅을 마치고 빠지자 이혜성은 다시 감정을 잡기 시작했다.

지영은 그런 이혜성에게 조언을 하지 않았다. 어차피 잘 알고 있기도 했고, 지영은 이번 영화에서 두 제자를 최대한 몰아붙일 생각이었다. 잘못된 부분은 스스로 고민해서 찾게 하고, 고치게 할 생각이었다. 그래서 이번 영화가 둘에게는 더없이 힘든 작업이 되게 만들 예정이었다.

그리고 그런 마음을 지영은 이미 둘에게 충분히 공지했다. 힘들 거라고, 눈물이 날 때도 있고, 그만두고 싶을 때도 있을 거라고, 확실하게 인지시켜 놨다. 하지만 그래도 지영은 둘이 잘 따라올 거라 믿어 의심치 않았다.

준비가 끝났는지 이혜성은 곧 수저를 들었다.

"레디, 액션."

이민정 감독 특유의 담담한 액션 사인이 떨어졌고, 이혜성은 그 사인에 맞춰 천천히 연기를 시작했다.

수저를 들어 밥을 퍼서 입으로 가져가다가, 멈칫 하곤 다시 내려놨다. 슬픔으로 인해 입맛이 사라진 상태를 표현하는 중이다.

'잘하고 있어.'

카메라에 잡힌 눈빛을 보면 확실히 제대로 파악했는지 전혀 과하지 않았다. 뒤이어 계속 연기가 이어졌다. 관객의 숨을 저절로 죽이게 만들 감정 표현이 이어졌다. 고작 중2. 아직 앳된 끼가 그대로 남아 있지만, 연기만큼은 절대로 수수하지 않왔다. 이혜성은 십 분에 걸쳐 연기를 펼쳤고, 첫 번째처럼 밥을 입에 욱여넣는 장면에서 이민정 감독은 컷을 외쳤다. 그리곤 지영을 바라봤는데, 지영은 그 시선에 고개를 끄덕였다. 조금도 나무랄 데가 없는, 아주 훌륭한 연기였다.

짝짝짝.

안혜성과 마찬가지로 첫 번째 신을 끝낸 이혜성에게 박수가 쏟아졌다. 이후 당연히 지영이 꽃다발을 건네줬고, 의외로 이혜성은 울지 않고 주변에 고개를 꾸벅꾸벅 숙여 인사를 했다. 참 종잡기 힘들게 이런 부분에선 또 강한 이혜성이었다. 지영과 감독이 뽑은 두 명의 천재들이 무사히 첫 데뷔를 마쳤다. 그렇게 첫 장면이 마무리가 되자 지영도 준비를 시작했다. 오늘의 세 번째 신은 지영의 차례였다.

극 중 윤은 의사다.

솔의 엄마 주치의기도 했다.

아니, 주치의라는 말은 거창했다.

제대로 치료를 받지 못해 윤이 약만 제조해서 전달해 주는 정도였으니 주치의란 말은 어울리지 않았다.

솔 엄마가 죽고, 급하게 연락을 받고 온 윤이 장례식 준비를 해주고, 다시 당직을 서러 갔다가 끝나고 옷을 갖춰 입은 뒤 조문을 오는 신이었다. 그래서 지영은 오랜만에 검은색 정장을 입었다. 메이크업은 일부러 나이가 들어 보이게 했다. 은재는 '솔'을 처음 집필할 때부터 윤 역에 지영을 염두에 두고 있었기 때문에 설정에 동안, 천재 의사, 등을 넣어놨었다. 그래서 특수 분장으로 늙어 보이게 안 해도 원작을 읽은 관객을 이해시키기엔 무리가 없었다. 다만, 피로하고, 초췌한 느낌으로 메이크업을 했다.

"이야, 지영이 정장 입은 거 오랜만에 보네?"

"그러게요. 항상 편하게 입다 보니."

"후후, 잘 어울려. 역시 옷걸이가 예쁘니까 옷도 잘 사는구나. 우리 한수도 이렇게 커야 하는데!"

"잘 클 거예요."

"휴, 그랬으면 좋겠다."

한수는 이성은의 아들이었다.

이제 중1인데 벌써부터 사고란 사고는 다 치고 다니며 그녀의 골머리를 썩게 하는 유일한 골치 덩어리였다.

헤어까지 부스스하게 손을 본 지영은 전신 거울로 자신의 모습을 확인했다. 역시 이성은, 한정연의 솜씨는 대단했다. 거울 속엔 바쁘다 못해 너무나 힘든 병원 스케줄을 소화하고 있는 의사 '윤'이 서 있었다.

"괜찮지?"

이성은의 질문에 지영은 엄지를 척 내밀었다.

지영은 바로 대기실을 나섰다. 이미 세팅은 끝나 있었다. 이번 신은 이혜성과의 신이었다. 좀 더 애잔한 모습을 내보이는 이혜성과의 호흡이 이 신에는 훨씬 어울릴 것 같아서였다.

"좀 쉬었어?"

"히히, 네에!"

준비 중인 이혜성에게 가서 묻자 제자는 배시시 웃으며 힘차게 대답을 해왔다. 지영은 그런 이혜성의 머리를 쓰다듬어 준 후 다시 입을 열었다.

"어제 연습한 대로만 하자. 과하지도, 부족하지도 않게. 알았지?"

"네에!"

지영과 호흡을 맞추는 게 그리 좋은지 이혜성의 얼굴은 아주 싱글벙글이었다. 지영은 그 마음을 이해했기 때문에 그냥 웃고 말았다.

"여, 강 배우. 컨디션은?"

이민정 감독이 다가와 확인차 묻는 말에 지영은 고개를 끄덕이며 대답했다.

"물론이죠. 더없이 좋아요."

"역시 강 배우. 컨디션 조절 하난 기가 막혀."

"은재 작품이잖아요."

"어쭈, 그럼 저번엔 대충했고?"

"설마요. 그때도 최선을 다했죠. 지금은 더 최선을 다할 뿐."

"얼씨구? 말이라도 못 하면. 후후. 어쨌든, 첫 스타트 잘 끊어보자. 준비되면 사인 주고."

"알겠어요."

이민정 감독이 다시 돌아가자 지영은 다시 이혜성을 바라봤다.

"바로 갈까?"

"네에!"

제자의 힘찬 대답을 들은 지영은 바로 자신의 자리로 움직였다. 지영은 신발장, 이혜성은 영정사진을 멍하니 앉아 바라보는 상태에서 스타트다. 이혜성이 눈을 감고 감정을 잡자, 지영도 감정을 잡았다.

두 사람의 준비가 끝나자, 그걸 귀신같이 알아챈 이민정 감독의 사인을 내렸다.

"레디, 액션."

*   *   *

"……."

윤은 신발을 벗다 말고 잠시 멈칫했다. 아무도 없는 텅 빈 공간. 이곳이 장례식장이 맞나 싶을 정도로 적막감이 감도는 공간이었다. 당장 이 옆만 해도 사람으로 북적거리는데, 이곳

솔 크랭크인 239

은 그곳과는 정반대로 소름끼치게 조용했다. 윤은 고개를 돌려 멍하니 벽에 기대고 앉아 있는 솔을 바라봤다.

"……."

솔의 시선은 재단 위 영정 사진을 향해 있었다.

환하게 웃고 있는 솔의 엄마.

약을 지어 먹을 돈도, 병원까지 오는 것도 여의치 않아 쉬는 날 가서 진단을 하고, 약을 직접 만들어서 전해줘야 했을 정도로 어려운 가정의 환자였다. 윤이 솔의 엄마를 그렇게까지 챙겨줬던 건, 당연히 솔이 때문이었다.

솔은 엄마를 업고 병원에 왔다. 한참을 안 와서 기억 속에서도 사라졌었는데, 어느 날 솔이 땀을 뻘뻘 흘리며 솔의 엄마를 업고 병원을 찾아왔다. 얼마나 걸렸냐고 슬쩍 물어봤더니 글쎄, 두 시간이나 걸렸단다. 택시? 버스? 엄두도 못 냈을 것이다. 그때부터였다.

솔이란 학생이 신경 쓰였던 건.

웬만한 효자, 효녀도 못 할 일을 너무나 행복하게, 당연하게 하는 천사 같은 아이. 윤의 머릿속에 솔은 그런 아이였다.

그래서 한동안 오지 않으면 직접 찾아가게 되었다. 그렇게 시작된 인연이, 여기까지 왔다. 구두를 벗은 윤은 옷매무새를 다듬고 기침 소리를 냈다.

"큼큼."

"……."

텅 빈 솔의 시선이 천천히 윤에게 고정됐다.

윤은 입술을 슬쩍 깨물었다.

가족밖에 모르던 아이였다.

그러니 엄마를 업고, 두 시간이 넘는 거리를 오지 않았겠나. 그런 솔에게 전부나 다름없는 엄마가 죽었으니, 저런 눈빛이 이해가 갔다. 하지만 그래서 가슴이 아팠다. 하지만 윤은 웃었다. 애써, 맑게 웃었다.

"솔아."

"아저씨……."

윤을 보자 솔의 눈에 바로 눈물이 차올랐다. 그리고 바로 방울져 떨어져 내렸다. 또르르, 뚝, 뚝. 새까만 상복 위로 떨어진 눈물은 그 존재를 지우려는 듯, 그대로 흡수되어 사라졌다.

"후우……."

그런 솔의 얼굴을 보자니 결국 한숨이 흘러나왔다. 윤은 봉투를 함에 넣고, 향을 올리고, 절을 했다. 상주와 다시 절을 해야 하는데 이 미숙한 아이는 그저 앉아 있었다. 모르는 것이다. 이후 어떻게 해야 하는지. 아무도 절을 하지 않았기 때문에, 순서 자체를 아예 몰랐다. 윤은 알려줄까 하다가 고개를 저었다.

나중에 알려주면 될 일이다.

지금은 이 아이가, 억누르고 있던 눈물을 흘리게끔 옆에 있어주면 될 일이다. 그러면, 그걸로 충분하다.

윤은 솔의 옆에 앉아 등을 기댔다.

그리곤 아무런 말도 하지 않았다.

"……"

"……"

솔은 그런 윤의 어깨에 고개를 묻고, 어깨를 들썩이며 오열했다. 하지만… 울음소리는 흘러나오지 않았다.

아니, 나오지 못했다.

윤은 그런 솔을 가만히 내려다봤다.

눈물은 떨어지고 있었다. 뚝, 뚝뚝, 굵직한 눈물이 흘러내려 윤의 어깨로 스며들었다.

"소리 내 울어. 그래도 돼."

"……"

하지만 솔은 여전히 소리 없는 오열을 계속할 뿐이었다. 솔의 오열은 한참을 이어졌다. 이러다가 쓰러지는 건 아닌지 걱정될 정도로 솔은 울었다. 이 세상에서 엄마 말고, 유일하게 의지할 수 있는 사람인 윤이 오자 감정의 홍수를 외롭게 버티고 있던 둑이 무너지며, 그대로 무너져 내렸다.

윤은 그런 솔에게 어떤 말도 하지 않았다.

어줍잖은 위로는, 오히려 사람을 더 힘들게 한다는 걸 본인이 직접 경험해 봐서 잘 알기 때문이었다. 그래서 조용히, 곁에만 있었다.

20분이 지나 오열을 멈춘 솔이 천천히 윤의 어깨에서 얼굴을 뗐다.

"다 울었니?"

"네에."

"더 울어도 돼. 응어리가 전부 풀릴 때까지 실컷 울어도 돼."

"아니요. 이제 그만 울래요."

고개를 든 솔은 윤을 바라보며 배시시 웃었다. 해맑은 웃음이지만 윤은 솔의 웃음 속에 숨어 있는 슬픈 다짐이 읽히는 것 같았다.

'힘내려고 하는구나. 동생들을 위해서.'

솔아, 너는 정말…….

윤은 솔을 볼 때마다 놀라웠다.

대견했고, 존경심마저 들 때가 있었다.

그런 때가 바로 지금 같은 때였다.

솔은 아직 중학생이었다.

하지만 솔은 그 어떤 사람보다 강했다. 한없이 여린 몸인데도, 정신력은 그 누구보다 크고, 굵고, 단단했다. 엄마가 돌아가신 지금, 솔은 슬픔에 빠져 허우적거리는 것 대신, 이제는 동생들을 위해 강해져야겠단 다짐을 하고 있었다. 솔직히 이런 다짐은 쉽게 할 수 있는 게 아니었다. 윤 또한 고아였기 때문에 너무나 어려웠던 시절이 있었다. 겨우겨우 이겨내고 의사가 되었지만, 방황의 시간은 매우 길었다.

그런데 솔은?

이제는 미래를 걱정하고 있었다.

"아저씨."

"응?"

윤은 솔의 부름에 시선을 돌려, 눈빛을 정확히 받아들였다. 빨갛게 부은 눈으로 솔이 윤에게 물었다.

"아저씨도 저처럼 이렇게 힘들었던 적 있었어요?"

"있지."

"언제요?"

"솔이 나이 때."

"아……."

아저씨도 있었구나…….

솔의 중얼거림에 윤은 씁쓸한 미소를 지었다. 윤이 가장 방황했던 시기가 딱 솔이 나이 때였다. 정신적 지주였던 희망원의 원장 수녀님이 돌아가시고, 희망원이 나쁜 인간들에게 희망원이 넘어갔을 때, 그래서 거리로 쫓겨났을 때, 윤은 세상을 원망했다. 나쁜 인간들에게 복수를 꿈꿨다.

그리고 실제로… 복수를 했다.

다행히 크게 다치지 않아 형사 처벌을 면했지만, 그래도 윤은 그때 정말 삐뚤어지고, 방황했었다. 윤의 공부 실력을 아깝게 여긴 담임 선생님이 잡아주지 않았으면 윤은 그때 정말 공부를 놓을 뻔했다.

"아저씨는 그 시기를 어떻게 이겨냈어요?"

"사람들의 도움으로 이겨냈지."

"사람이요?"

"응. 나를 생각해 주는 사람들."

"아… 난 없는데……."

솔의 혼잣말에 윤은 솔의 머리를 쓰다듬었다.

"왜 없어? 바로 옆에 있잖니."

"아저씨요? 이제 엄마 없는데… 계속 옆에 있어주실 거예요?"

간절함이 깃든 목소리. 윤은 바로 고개를 끄덕였다.

"그럼, 아저씨는 앞으로도 솔이 옆에 있을 거야."

"진짜요……?"

"응."

"진짜 옆에… 계속 있을 거예요?"

"그렇다니까."

"……."

꾸욱.

솔은 윤의 대답에 입술을 꾹 깨물었다.

눈가에서 다시 눈물이 또르르 흘러 떨어졌다.

그러면서도 솔은 윤에게서 시선을 떼지 않았다.

그 눈빛엔 감사함, 고마움, 등등의 감정이 잔뜩 묻어 있었다. 윤은 그런 솔의 시선을 피하지 않았다.

아까, 솔이 어깨에 기대고 소리도 내지 못하며 오열할 때 윤은 다짐했다.

이 아이 옆에 있겠다고.

어린 시절 자신을 잡아주었던 선생님처럼, 이번엔 자신이 그 역할을 할 것이라고. 그래서 솔이 올바르게 크게, 사회에 나와서 자리를 잡을 수 있을 때까지 잡아주겠노라고, 그렇게 다짐했다.

결국 또 우는 솔을 윤은 조용히 지켜봤다.

한참동안 이어지는 눈물을 보며 윤은, 다른 하나를 더 다짐했다.

이제. 이 아이의 눈에서 눈물이 흐르지 않도록 하겠다고…….

그런 다짐이었다.

솔은 그렇게 한참을 울다가 스르륵, 잠이 들었다. 윤은 이 불을 가져다 솥에게 덮어주고는, 그 옆에 앉았다. 고요한 장례 식장, 윤은 그런 곳을 홀로 지키기 시작했다. 더없이, 슬픈 밤이었다.

*　　　　*　　　　*

"컷!"

이민정 감독의 컷 사인이 울리자 지영은 한껏 잡고 있던 감정을 풀었다.

"후우……."

그리곤 한숨과 함께 흘려보냈다.

감정이 빠져나가자 가슴 한쪽 무겁게 눌러앉고 있던 묵직함도 같이 빠져나갔다. 그렇게 몰입에서 빠져나온 지영은 천천히 자리에서 일어났다.

"혜성아?"

"네에?"

특유의 늘어지는 대답이 나오는 걸 보니 이혜성도 배역에서 빠져나와 있었다.

"수고했어."

"헤헤에, 수고는요오. 샘이 수고하셨죠오!"

"너 일부러 그렇게 말하는 거지?"

"아닌데요오!"

피식.

일부러 그러는 게 확실했다.

이혜성도 자리에서 일어나자 지영은 바로 이민정 감독에게 갔다.

"어때요?"

"굿."

이민정 감독은 고개도 들지 않고 엄지를 척 내밀었다. 지영은 그 제스처에 고개를 끄덕이곤 그녀의 뒤로 갔다.

"혜성아."

"네에!"

쪼르르.

이혜성이 다가오자 이민정 감독은 영상을 다시 돌렸다. 셋은 진지한 표정으로 영상을 꼼꼼히 확인했다. 이혜성은 확실히 감을 잡았다. 특히 호흡을 읽는 재주는 발군이었다. 지영의 대사 타이밍을 정확히 알고, 그에 반응해서 들어가는 표정 연기는 지영도 감탄을 했을 정도였다.

압권.

두 사람의 연기가 만나 만들어낸 시너지 효과는 가히 압권이고, 발군이었다.

"이야……."

이민정 감독의 감탄에 '에헤헤…' 이혜성이 쑥스러운지 머리를 긁적거리며 헤실헤실거렸다. 영상을 전부 확인한 지영은 고개를 끄덕이곤 상체를 폈다. 만족스러운 신이었다. 다시 찍어봐야 이 정도는 다시 나오기 힘들 정도로 말이다.

"수고하셨습니다."

"응, 강 배우 고생했어."

"고생하셨습니다아!"

이혜성은 신이 끝나자 바로 주변에 꾸벅, 꾸벅 고개를 숙이며 인사를 했다. 지영은 그 모습을 보면서도 만족스럽게 웃으며 고개를 끄덕였다. 저런 인사는 경력과 무관하게 기본 중에 기본이었다.

다음 신은 안혜성, 그리고 다시 지영이 함께하는 신이라 메이크업을 수정하러 대기실로 가려던 지영은 한쪽에 조용히 앉아 있던 은재를 발견했다. 잠깐 놀랐던 지영은 바로 은재에게 다가갔다.

"언제 왔어?"

"흐흐, 좀 전에?"

"그래? 오늘 바쁘다고 하지 않았어?"

지영이 묻자 은재는 고개를 도리도리 저었다.

"그래도 첫 촬영이잖아. 오늘은 꼭 보고 싶었어!"

"아……."

충분히 그럴 만했다.

자신의 꿈을 이뤄준 작품, '솔'.

그 작품이 영화화되며 오늘 첫 촬영을 개시했다. 원작자로서는 기념할 만한 날이었다. 그러니 꼭 현장의 모습을 보고 싶었을 것이다. 고개를 끄덕인 지영은 은재의 옆에 앉았다.

"언제부터 봤어?"

"솔이 소리 없이 오열하는 부분부터."

"그럼 거의 처음부터 봤네. 혜성이 연기 어때?"

"흐흐, 최고야. 난 정말 솔이 나타난 줄 알았어. 흐흐흐."

만족스러운 미소를 그리는 은재를 보며 지영은 다행이란 생각이 들었다. 원작을 쓴 사람이니 솔에 대한 모든 걸 알고 있다고 해도 과언이 아니었다. 그런 은재가 이렇게 칭찬했다면, 이혜성의 연기는 정말 최고였다는 소리기도 했다.

"다음 신도 바로 가지 않아?"

"응, 메이크업 수정해야 돼."

"그럼 얼른 해. 나 때문에 촬영 딜레이되는 거 싫어. 흐흐."

"알았어. 그럼 잘 구경하고 있어. 아, 끝나고 같이 회식하고 갈 거지?"

"응! 흐흐."

은재의 대답에 지영은 다시 한번 고개를 끄덕이곤 일어나 대기실 안으로 들어갔다. 거울 앞에 앉아 메이크업을 점검받은 지영은 대본을 확인하다가 촬영 준비가 되었다는 말에 다시 밖으로 나갔다.

이번 신은 안혜성이었다.

"대본 확인했지?"

"네!"

아주 미묘하게 다른 둘.

지영은 그 미세한 차이를 확실히 느끼고 있지만 그래도 신기한 건 신기한 일이었다. 한 캐릭터랑 붙어 연기를 펼치는데, 실제는 그 캐릭터를 두 사람이 나눠 연기하고 있다는 사실이 말이다.

"감정은 나중에 크게 터뜨리는 신이니까, 처음부터 너무 과하게 잡지 마."

"넵! 샘!"

안혜성의 힘찬 대답을 들은 지영은 대본을 마지막으로 확인했다. 이번 신은 발인 신이었다. 휴가를 낸 윤이 솔이 엄마의 장례식장을 끝까지 챙겨주는 모습을 담는 신이기도 했다. 20분쯤 지나 세팅이 완료되고, 지영은 안혜성과 함께 자리를 잡았다. 그러자 마치 침묵이 훅 치고 들어와 공간을 장악했다.

"레디, 액션."

뒤이어, 이민정 감독의 사인이 떨어졌다.

        *   *   *

이틀이 지났다.

그동안 솔이 엄마 장례식장에 온 조문객은 서른 남짓이었
다.

그 전부가 동네 주민들이었고, 혈연 관계에 있는 사람은 정
말 한 명도 없었다. 그게 윤을 슬프게 만들었다. 솔은 익숙한
지 아무런 불만도 없는 표정이었다.

이틀간, 솔은 힘을 많이 찾았다.

염을 하며 엄마를 마지막으로 보았을 때도, 삼베옷을 입힐
때도, 솔은 의젓했다. 입술을 꾹 깨물고, 충혈된 눈이지만 똑
바로 엄마의 마지막을 두 눈에 담았다. 윤은 그런 솔의 옆에
묵묵히 서 있었다.

마지막, 발인 날.

아침에 제사를 윤이 직접 주도해서 치렀다.

그리고 오전 아홉 시, 발인 시간이 됐다.

"앞에서 이거 들고 걸으면 돼."

"……"

엄마의 영정 사진을 품은 솔은 윤을 올려다봤다.

아이의 눈은 이렇게 묻고 있었다.

정말, 이렇게 끝이에요?

엄마 이렇게 보내는 거예요?

이제 영원히, 이별하는 거예요?

솔의 눈은 이렇게 묻고 있었다.

윤은 그 눈을 바라보다가, 천천히 입을 열었다.

"솔아."

"……."

"보내 드릴 시간이야."

"……."

윤의 말에 솔은 침묵으로 대답했다. 하지만 입술을 꾹 깨물고는, 고개를 도리도리 저었다.

의젓했던 솔은, 이별의 순간이 오자 와르르 무너져 내렸다. 지극히 당연한 반응이었다. 윤은 병원에서 일하며 이런 사람들을 매우 많이 봤다.

"가자."

"……."

윤의 말에 어쩔 수 없이 고개를 끄덕인 솔은 천천히 걷기 시작했다. 윤의 부탁으로 모인 고아원 친구들이 운구를 시작했다.

쏴아…….

어제까지만 해도 맑았던 하늘인데, 밤까지만 해도 선선했던 하늘인데, 새벽부터 갑자기 먹구름이 몰려들더니 세상을 어둡게 만들었다. 그리곤 비를 쏟아내기 시작했다.

쏴아…….

대지를 강타하는 빗소리, 위패를 든 채 가장 앞서 걷는 윤, 그 뒤를 따르는 솔, 여섯 명의 친구들이 든 관, 그리고 그 뒤로는… 동료 의사가 품에 안은 선아와 준우. 한 사람의 인생을 마무리하는 장례식치고는 마지막이 너무나 초라했다.

인연의 무게.

솔도, 솔이 엄마도, 윤도, 한없이 가벼웠다.

슬픈 일이었다.

가는 길이 왁자지껄한 이유, 참 마음에 안 들었던 그 모습이, 처음으로 부러웠다. 장례식장 직원의 인솔에 따라 관이 운구차에 올라갔다. 그리고 문이 천천히 닫히자 솔은 고개를 푹 숙였다.

이렇게… 보낸다.

이제 화장터로 향할 것이고, 뜨거운 불이 육신을 가루로 만들 것이다.

솔은 운구차를 한참을 보다가, 버스에 올라탔다.

잠시 뒤 버스가 출발하며 솔이 엄마를 보내는 마지막, 짧은 여정이 시작됐다.

솔은 그 여정 중에도, 끝내 울지 않았다.

"컷!"

이민정 감독의 컷 사인이 아스라이 들려왔다. 한껏 몰입해 있었던 차라 흐릿하게 들렸지만 지영은 그 순간 몰입에서 깨어났다.

"후우……."

그리곤 깊은 숨을 내쉬고는 머리를 털었다.

이런 신은 과도한 몰입을 해서는 절대로 안 되는 신이었다.

죽음.

이는 아무리 연기라도 연기, 정말 딱 연기로만 받아들여야 했다. 하지만 배우에 따라 자신만의 방법이 있었고, 그 방법은 당연히 전부 제각각이었다. 당연히 지영만의 방법도 있었다. 지영은 상상했다. 무수히 많이 보아왔던 죽음을.

수천, 수만 명을 보내면서 겪었던 그때의 감정을 떠올렸다. 가슴이 아리고, 차갑고, 들끓던 심정이 들던 그때의 감정은 지영의 눈빛을 너무나 심유하고, 슬프게 만들어줬다. 하지만 그 상태에서도 솔에 대한 걱정을 놓지 않았기 때문에 눈빛은 더할 나위 없이 복잡했다.

"샘… 끝났어요?"

몰입에서 빠져나온 안혜성의 물음에 지영은 고개를 끄덕이며 자리에서 일어났다.

"끝났어."

"후아… 힘들다. 헤헤."

힘들다고 말은 하지만 그래도 안혜성은 웃고 있었다. 하지만 이미 눈가에는 피곤이 가득했다. 이제 데뷔하는 신인이라 체력 관리가 제대로 되지 않은 상태였고, 감정 신을 연이어 찍어야 했기에 정신적인 탈진이 슬슬 오는 것 같았다. 하지만 다행히 오늘은 첫날, 신을 적응을 해야 하는 신인들 때문에 이민정 감독도 스케줄을 빡빡하게 잡진 않았다.

"가자."

"네!"

지영은 버스에서 내려 바로 이민정 감독에게 갔다.

"어때요?"

"말해 뭐 해? 근데 지영이 네 제자들이라 그런가, 호흡이 아주 좋던데?"

"그래요?"

지영은 반색했다.

호흡이 좋다는 건 곧 제자들과의 연기가 좋은 시너지 효과를 일으킬 수 있다는 뜻이었다.

서로 연기를 잘해도 이상하게 호흡이 안 맞는 배우가 있다. 지영도 한 명 있었는데, 그 배우는 매우 유명하고, 연기도 이미 경지에 올랐는데도 서로간의 호흡이 미세하게 벗어나 꽤나

곤욕을 치른 적이 있었다.

지영은 안혜성과 함께 영상을 다시 한번 확인했다.

운구 신에서 NG가 몇 번 있었지만 그 뒤로 지영과 안혜성의 연기에 흠잡을 곳은 조금도 없었다.

"오케이……."

이민정 감독도 만족스러운 어조로 고개를 끄덕이며 오케이를 외쳤고, 지영은 그제야 상체를 폈다.

"샘, 끝났어요?"

"응, 오늘은 끝났어."

"아… 후……."

안혜성은 그제야 크게 한숨을 내쉬며 자리에 주저앉았다. 어디가 아파서 그런 건 아니고, 딱 보니 긴장이 풀린 것 같았다.

"힘들어?"

"헤헤, 네. 연습할 때는 잘 몰랐는데… 헤헤. 되게 힘드네요?"

"쉬운 게 있겠니. 오늘 감정 잡는 신이 많아서 정신적으로 많이 지쳐서 그럴 거야. 너 아마 내일 몸살 올 수도 있을걸?"

이민정 감독의 대답에 안혜성과, 어느새 쪼르르 다가와 있던 이혜성이 눈을 동그랗게 떴다.

"네? 아, 그래서 내일은 스케줄 없는 거예요?"

"응, 내일 괜찮으면 모레 촬영이고, 모레도 몸살이면 스케줄 더 뒤로 밀릴 거야."

"아……."

실제로 내일은 휴일이다.

신인배우들은 첫 날 너무 긴장해서 보통 다음 날 몸살이 나는 경우가 많았다. 그것도 조연이 아닌 주연이면 거의 90% 이상 몸살이 난다고 보면 맞았다. 이민정 감독은 당연히 그런 부분을 고려해 내일은 휴식이고, 다음 촬영은 배우들 컨디션을 보고 따로 잡을 예정이었다. 지영은 일단 둘의 얼굴을 자세히 살폈다.

확실히 피곤한 모습이었다.

오늘 소환한 신이 단 두 개밖에 안 되는데도 이 정도면 내색은 안 했어도 긴장은 제대로 하고 있던 게 분명한 것 같았다.

"얘들 암만 봐도 내일 몸살 날 것 같지?"

이민정 감독이 툭 치고 묻는 말에 지영은 고개를 끄덕였다.

"아무래도요."

"야, 그래도 얘들은 사람 같긴 하다. 너는 아예 괴물이었다 며? 쌩쌩 날아다니고."

피식.

괴물이라니.

"그 정도는 아니었어요. 저도 내색은 안 했을 뿐이지 힘들었어요."

"거짓말은, 내가 다 들었구만."

뭐, 지영이야 첫 촬영이 힘들지도 않았고, 첫 주연인 '리틀 사이코패스'도 감량만 빼면 그리 힘들지 않았다. 하지만 애들도 보고 있는데 네, 할 수는 없는 노릇이었다.

"어쨌든 슬슬 정리하고, 회식하러 가자."

"여기로 출장 뷔페 불렀어요."

"불렀어? 언제?"

"벌써 준비해 놨죠. 감독님 혹시 식당 예약해 놓은 곳 있어요?"

"말은 해놨는데, 시간은 안 잡았지. 우리 촬영이 언제 끝날지 어떻게 알고."

"잘하셨어요. 그거 취소하고 여기서 하고, 그리고 흩어지죠."

"그래, 그럼."

짝짝.

회식이 결정되자 이민정 감독은 다시 박수를 쳐서 시선을 잡아당겼다. 그리곤 여기서 회식을 할 거니, 얼른 정리하라고 외치자 스태프들이 환호를 지른 뒤 일사분란하게 움직여 촬영장을 정리하기 시작했다. 그리고 타이밍 좋게 저 멀리서 하얀 트럭 몇 대가 연달아서 들어오기 시작했다.

그걸 보며 지영은 의자에 멍하니 앉아 있는 제자들을 바라봤다.

"너희는 어떻게 할래? 먹고 갈래, 아니면 집으로 바로 갈래?"

"먹고 갈래요!"

"저도요오!"

말하기 무섭게 떨어지는 대답에 지영은 피식 웃곤 고개를 끄덕였다.

"그러면 쉬면서 스태프들 움직이는 거 잘 봐둬. 우리가 연기를 하기 위해서 얼마나 많은 준비와 노력이 필요한지."

"아……."

"네에……."

안혜성과 이혜성은 바로 지영의 말에 고개를 끄덕였다. 그리곤 분주히 움직이는 스태프들을 바라보기 시작했다.

"배우라고 해서 절대로 갑이 아니야. 스태프들과 우린, 한 영화를 찍는 수평적 관계에 있는 거야. 알았지? 그러니 나중에라도 절대 스태프들 무시하고 그러지 마라. 그땐 제자고 뭐고, 진짜 눈물 쏙 빠질 정도로 혼낼 줄 알아."

"네!"

"네!"

지영은 둘이 힘차게 대답하자 더 말하지 않고 자리를 비켰다.

'똑똑한 아이들이니까.'

더 말하지 않아도 이 아이들은 앞으로 스태프들에게 함부로 하는 일은 없을 것이다. 컨디션 저하, 연기가 제대로 펼쳐지지 않을 때 가끔 짜증을 내기도 하겠지만 워낙에 예민한 직업인지라 그 정도는 스태프들도 이해한다. 물론, 그 이후 반드시 사과가 뒤따라야 한다. 어쨌든, 둘은 지영이 한 말을 잘 알아들었고, 굳이 말하지 않았어도 예의 없게 굴지는 않았을 것이다. 지영은 은재의 옆에 앉아 구경 중인 김은채에게 다가갔다. 그리곤 도착해서 한숨을 폭 내쉬었다.

"언제 왔냐?"

"방금, 회식이라며?"

"넌 진짜 여러 가지 의미로 대단하다."

"후후, 내가 좀 대단하긴 하지."

그래, 술 못 먹은 귀신 업고 다니는데… 충분히 대단하고도 남았다. 그러나 이제 지영도 김은채의 술 측은 익숙해졌다.

"회식할 건데, 같이하고 갈 거지?"

"그럼! 물론이지. 흐흐."

은재는 회식을 좋아했다.

술을 좋아하는 게 아니라 사람들이 웃고 떠드는 그 분위기를 좋아했다.

그런 공간에 있다 보면 소외되지 않는 것 같아서 좋다고 했다.

지영은 그런 은재의 마음이 이해가 갔다.

고작 몇 년 전까지만 해도 해외로 도피하는 생활을 했었다. 지영이 하이재킹을 당했을 때부터, 사람과 단절된 삶을 살았다.

은재의 저 성격은 천성에 가까웠다.

그런 아이가 한 평생을 숨어 살았으니, 사람의 정이, 함께 나눌 대화가 얼마나 그리웠겠나.

"오늘 어땠어?"

"뭐가?"

"너의 첫 소설이 영화가 되어가는 과정 말이야."

"아… 뭔가, 오묘했어."

"오묘?"

뿌듯했어! 좋았어! 가 아닌 오묘하다는 대답에 지영은 고개를 갸웃했다. 그러자 은재는 또 흐흐, 특유의 웃음을 흘리곤 부연했다.

"그냥 잘 모르겠어. 가슴속에서 뭔가 울컥! 하는 것 같은데… 또 차가워지고, 막 그랬어."

"소설가가 자신의 감정도 파악 못 하는 거야?"

"에이, 그럴 수도 있지. 원래 사람은 자기 자신을 잘 모른다잖아."

"뭐, 그렇기야 하다만……."

한마디로 말해, 그냥 자기도 잘 모르겠다는 소리였다.

좋기도 한데, 부담도 되고, 이래저래 걱정도 된다는 소리였다. 그렇게 한참을 은재와 웃고 떠드는 동안 회식 준비는 어느새 끝나나 있었다.

"강 배우! 은재야! 은채 양! 이쪽으로 와요!"

"네, 지금 갈게요! 흐흐! 지영아, 언니, 가자!"

저 멀리서 자리 잡은 이민정 감독의 말에 은재가 대답하자 지영은 그녀를 다시 안아 들어 휠체어에 태우고는 이민정 감독에게 향했다.

이민정 감독의 자리에는 이미 안혜성과 이혜성이 자리를 잡고 있었다.

지영은 그 중간에 적당히 자리를 잡고 앉아, '솔'의 첫 촬영을 모두와 함께 축하했다.

회식은 당연히, 매우 재미있었고, 자정이 넘어서야 끝이 났다.

*   *   *

다음 날 새벽, 잠에서 깬 지영은 가볍게 씻고는 바로 운동을 나갔다.

요즘은 집에서 웨이트를 하는 것보다 새벽에 달리는 것을 더 즐기는 지영이었다. 집 주변이야 이미 경호원들이 쫙 깔려 있어서 크게 문제도 없었다.

동네를 크게 돌아 40분 정도를 달린 지영은 바로 씻고 아침을 먹었다. 그다음 강상만이 제일 먼저 나갔고, 임미정 지연이를 데리고 출근하고, 마지막으로 은재까지 출근하자 지영은 거실 소파에 앉아 TV를 틀었다.

광신도들이 또 미군 대사관을 테러한 것만 빼면, 별다른 소식은 없었다.

정계도, 재계도, 연예계도 조용했다. 큰 사건 사고가 없다는 건 그 자체로 평범한 일상이 지속되고 있다는 뜻이기 때문에 지영으로선 그저 기꺼웠다.

하지만 지영은 언제까지고 이런 평화로운 일상이 이어진다는 생각은 절대로 하지 않았다. 이미 주변에 걸리는 게 너무나 많았다.

"슬슬 연락이 올 때가 됐는데……."

옆 나라 일본의 한 정치인이 갑작스레 심장마비로 급사를 했다는 뉴스를 보면서 지영은 작게 중얼거렸다.

지영이 지금 영화에만 신경 쓰고 있는 것 같지만, 실상은 그게 전부가 아니었다.

지영은 두 번… 두 번은 더러운 꼴을 겪기 싫었다. 그래서 항상, 가능한 준비를 해두는 편이었다.

요 근래 가장 큰 사건은 당연히 송지원이 연관되어 있던 사건이다.

'이성준……'

지영은 잊지 않고 있었다.

그 씹어 먹어도 시원찮을 인간이 자신에게, 자신의 주변에 어떤 짓을 저지르려고 했는지 말이다. 그래서 지영도 이미 준비를 해둔 상태였다. 지영은 폰을 꺼내 김지혜에게 전화를 걸었다.

연결음이 몇 번 가기도 전에 김지혜가 전화를 받았다.

—네, 김지혜 매니접니다.

"저예요."

—네, 사장님.

그녀는 요즘 지영을 사장님이라고 부르고 있었다. 그러지 말라고 해도 그게 맞다며 고집을 꺾지 않아 좀 난감했다.

"저번에 부탁한 거 어떻게 진행되고 있나 좀 물어볼까 해서요."

—무사히 잠입 마쳤다고 어제 새벽에 연락 왔었습니다. 이

른 아침이라 오늘 보고드리려고 했었는데, 늦어서 죄송합니다.

"죄송하긴요. 그보다 무사히 들어갔다고요?"

―네.

"흠… 잘됐네요."

지영은 저도 모르게 씩 웃었다.

그러나 그 웃음은 은재에게 보여주던 그런, 따뜻한 웃음이 아니었다. 오히려 그것과는 정반대인 서늘하고, 날카로운 미소였다.

―정기적으로 들어오는 보고는 제가 바로바로 비선망에 올려두겠습니다. 오늘 아침에 올라온 것도 지금 바로 업데이트하겠습니다.

"네, 그래주세요."

수고해 주세요.

뚝, 전화를 끊은 지영은 미육군 장군이 분노에 찬 표정으로 이번 미 대사관 테러에 대한 입장과, 엄중하고, 강렬한 테러리스트 소탕 의지를 인터뷰하는 걸 듣다가 방으로 들어갔다. 그리곤 데스크 탑을 켠 뒤에 바로 김지혜가 알려준 비선망으로 들어갔다. 순백의 블로그, 카테고리는 딱 하나였다.

그걸 클릭해서 열자 바로 좀 전에 올라온 게시물 하나가 있었다.

지영은 그걸 바로 클릭했다.

그러자 주르륵 뜨는, 보고들.

'흠……'

어제 저녁부터, 오늘 아침까지 한 인물에 대한 보고였다.

그리고 그 인물은 당연히, 이성준이었다.

Chapter94
그렇게 죽고 싶은 거라면

피식.
보고를 읽던 지영은 실소를 흘리고 말았다.

—23시, 콜 걸 호출.

이 단어 때문이었다.
"정신 못 차렸구나."
이놈은 지금 한국에 없었다.
그때 지영에 대한 일을 떠벌리고 완전히 오성에서 버려지며 현재 모나코에 거의 유배되다시피 됐다.

그런데도 이놈은 더러운 짓거리를 여태 하고 있었다. 자신의 인생을 하루아침에 박살 나게 만든 것 들 중 하나가 그 더러운 성미였는데도 말이다.

"하긴, 제 버릇 개 못 준다고 했으니."

쯔쯔.

하지만 지영은 결코 방심하지 않았다.

이놈은 뱀이었다.

최후의 순간에도 지영을 엮어 가려고 판을 벌였을 정도로 지독한 인간이기도 했다.

이런 놈은 결코 끝까지 포기할 놈이 아니었다.

그래서 지영은 의뢰를 넣었다. 누구한테? 시크릿 레이디, 그리고 마타하리, 이 둘에게였다.

김지혜를 통해 얻은 위조 여권으로 둘은 모나코로 이동했고, 놈이 사는 별장에 메이드로 취직을 했다. 둘에게는 별로 힘든 일도 아니었다.

외모는 물론 기타 가사에 대한 것도 둘은 충분히 수준급이었다.

이성준이 둘을 노릴 이유도 없었다.

이성준의 성적 취향은… 유부녀였다.

둘의 나이는 관리를 잘해 스물 초반대로밖에 보이지 않았고, 둘 다 서류에 미혼이라고 적었으니 놈이 둘을 노릴 이유도 없었다.

이제 둘은 지영이 됐다고 할 때까지 놈의 일거수일투족을 김지혜를 통해 지영에게 전달할 것이다.

"흠······."

하지만 지영은 이 정도로는 부족하다는 걸 알고 있었다.

놈이 지금 저렇게 행동하고 있다고 해도, 그 자체가 위장일 가능성도 적지 않았기 때문이다. 그래서 지영은 고민하고 있었다.

시크릿 레이디와 마타하리에게 놈을 죽이란 의뢰를 넣을까, 말까를 말이다. 솔직히 말해 죽여 버리는 게 가장 속이 편하긴 하다.

죽은 자는 말이 없듯이, 당연히 그 어떤 일도 꾸밀 수도 없었다.

'지금 놈이 죽으면··· 오성은 대번에 나를 의심하겠지.'

그럼 다시금··· 전쟁이다.

뒷일 생각 안 하고 그냥 질러 버리는 순간 이번엔 진짜 제국과 피 튀기는 싸움을 시작하게 된다.

세계에서도 알아주는 거대 제국인 오성에서 이성준의 죽음을 지영과 연관 짓지 않는다는 것 자체가 말도 안 되는 일이었다.

"하……."

귀찮은 새끼.

절로 한숨이 나오게 만들었다.

지영은 창을 껐다.

아직, 아직 지켜봐야 할 때였다.

일단은 기다리다가 놈이 헛짓거리를 다시 꾸밀 조짐이 보이면, 그땐 정말 지영도 결정을 내릴 생각이었다.

PC를 끈 지영은 다시 거실로 나왔다.

거실로 나오기 무섭게 전화가 울리기 시작했다.

발신인을 본 지영은 고개를 갸웃했다.

"네, 선배님."

지영이 전화를 받자 묵직한 목소리가 건너왔다.

—나다, 어디냐.

"집이에요."

—그래? 오늘 촬영 없고?

"네, 오늘 쉬는 날이에요."

—그러냐. 여기 가평이다. 오랜만에 얼굴 좀 보자.

"가평이요?"

—그래, 애들이랑 간만에 나와서 낚시도 하고, 고기도 굽고 있다.

애들이라…….

아마 최민석의 아들딸을 말하는 건 아닐 거고, 후배 배우들을 말하는 것 같았다.

—어이, 브라더! 얼른 싸게싸게 안 오고 뭐 더냐!

피식.

목소리만 들어도 누가 있는지 알 것 같았다. 시간을 힐끔 확인한 지영은 바로 대답했다.

"네, 지금 출발할게요."

—그래, 주소 찍어 보낼 테니 네비 찍고 와라.

"네."

뚝.

전화를 끊은 지영은 폰을 내려놓고 준비를 했다.

야외라… 나쁘지 않았다.

옷을 갈아입고 냉장고에서 유선정표 찬거리와, 담금주를 몇 병 챙긴 지영은 최민석이 찍어준 주소로 바로 출발했다.

평일이라 그런지 서울을 벗어나니 도로는 시원시원하게 뚫려 있었다.

1시간쯤 달려 목적지에 도착하자 시원시원하게 흐르고 있는 강이 가장 먼저 보였다.

캠핑장 같은 곳인데 낚시도 할 수 있게끔 터를 만들어놓은 것 같았다.

주차장에 차를 댄 지영은 아이스박스를 들어서 내린 뒤, 잠시 주변을 둘러봤다.

탁 트인 공간에 강이 흐르고, 그 건너편은 한 폭의 그림 같은 자연이 펼쳐져 있는 곳이었다.

딱 이것만 봐도 지영은 오길 잘했다는 생각이 바로 들었다.

치익.

"후우……."

지영은 벤치에 앉아 오랜만에 가슴까지 시원시원해지는 풍경을 감상하기 시작했다.

좋다. 생각보다 훨씬 좋았다.

여기에 오니 아침에 이성준을 생각하며 올라왔던 짜증이 사르르 녹아내리는 것 같았다.

10분쯤 풍경을 감상한 지영은 일어나 강가로 내려갔다.

최민석은 찾기 쉬웠다.

애초에 강가에 최민석 일행밖에 없어서 굳이 찾고 자시고 할 것도 없었다.

지영이 다가가자 서서 고기를 굽고 있던 황정만이 지영을 발견하곤 손을 들었다.

"에헤이, 브라더!"

"선배님, 안녕하세요."

"그놈에 선배님! 형님이라 하라 안 했냐!"

"에이, 제가 선배님한테 형님이라 부르면 족보 죄다 꼬입니다."

"아… 글키도 하겠다."

단숨에 수긍하는 황정만의 대답에 피식 웃어 보인 지영은 낚시대를 던져놓고 누군가와 얘기 중인 최민석에게 다가갔다. 잠시 기다리다 대화가 멈춘 틈을 타 지영은 인사를 했다.

"선배님, 저 왔어요."

"어, 왔냐."

"네, 저 정만 선배님이랑 얘기하고 있을게요."

"그래, 금방 가마. 아, 여기는 박수연이, 들어는 봤지?"

최민석의 소개에 등을 돌리고 있던 여성이 지영을 돌아봤다.

알기는 한다.

이제 나이 마흔, 송지원과 자주 비교되는 국민 여배우를 지영이 모를 리는 없었다.

"안녕하세요, 선배님. 강지영입니다."

"이야… 반가워요. 박수연이에요."

서글서글한 인상이 매우 인상적이었다.

송지원처럼 관리를 잘했는지 마흔이 넘었는데도, 아니면 타고난 동안인지 스물 후반, 서른 초반으로밖에 보이지 않는 마스크에 솔직히 지영은 좀 이질감을 느꼈지만… 당연히 그걸

드러내진 않았다.

"지원이한테 얘기 많이 들었어요."

"지원 누나한테요?"

"네, 자주 만나서 한잔하거든요. 걔나 나나 나가서 노는 스타일이 아닌지라."

"아… 네."

요즘 연락이 뜸하다 했더니, 눈앞에 박수연과 술을 마시는 모양이었다.

그렇게 인사를 나누고 있는데 텐트에서 세 사람이 더 나왔다. 남자 둘, 여자 한 명이었는데 남자 한 명 빼고 전부 안면이 있는 사람들이었다.

"어? 이게 누구야. 클클, 오랜만이다?"

"어, 승연 선배님."

류승연이었다.

지영과 '테러리스트'를 같이 찍었던, 양아치 연기의 달인이자, 이제는 기묘한 분위기까지 풍기는 그가 텐트에서 나오고 있었다.

다른 남자 한 명은 안면은 없지만 역시 얼굴과 낯이 매우 익었다.

조성우.

타짜라는 희대의 명작을 만들어낸, 자타공인 대한민국 탑

배우 중 한 명이었다.

지영은 그와도 가볍게 인사를 하곤 마지막으로 가만히 서 있는 여성을 바라봤다.

참 익숙한 마스크다.

지영과는 떼려야 뗄 수 없는 인연의 실로 이어져 있긴 하지만, 이번 생에서는 그냥 이렇게 오다가다 만나기만 하는 매순이었다.

그녀와도 인사를 나누고 나자 황정만이 손짓을 하며 외쳤다.

"형님! 고기 다 익었소! 언능 와서 드쇼오!"

드럼통을 눕혀서 반으로 가른 다음, 철근을 십자로 교차시켜 다리를 만들어놓은 그릴 위에는 이미 고기가 노릇노릇하게 익어 있었다.

꼴꼴꼴.

"감사합니다, 선배님."

"그래, 반갑다, 야."

종이컵에 그냥 콸콸 부어주는 소주를 받은 지영은 모인 사람들의 면면을 살폈다.

익숙한 조합은 아니었다.

'작품을 같이 들어가나?'

매순을 빼면 여기 있는 배우들이 영화를 찍겠다고만 하면 일단 흥행은 보증됐다고 해도 과언이 아니다. 그런 배우가 한 두 명도 아니고 다섯이나 몰려 있었다. 단순한 캠핑일 수도 있지만 지영은 어째 아닌 것 같았다.

"영화 들어가세요?"

지영이 그렇게 툭 묻자, 황정만이 눈을 동그랗게 뜨고 손가락으로 콕콕, 지영을 마구 찌르는 시늉을 했다.

"오, 어떻게 알았다냐?"

"그냥… 그런 것 같았어요. 근데 아직 기사 뜬 거 없는데, 벌써 단합회부터 하는 거예요?"

"흐흐, 극비 모르냐, 극비. 미리미리 다져놓는 겨."

극비와 친목을 다진다는 말속에 따로 부연이 있어야 할 것 같지만 황정만의 말투야 이미 익숙한 지영이었다. 지영은 아, 하는 생각이 들었다.

'그래서 날 불렀구나?'

이거, 섭외였다.

배우들끼리 모여서 친목도 다질 겸, 그리고 지영도 섭외해 볼 겸, 겸사겸사 부른 것이다. 하지만 지영은 굳이 먼저 말하지 않았다.

"자, 한잔들 하자."

최민석이 잔을 들어 올리자 다들 종이컵을 들어 잔을 하곤 종이컵에 반 이상 찬 소주를 벌컥벌컥 마셨다.

그 모습을 잠시 보던 지영은 고개를 절레절레 젓고는 소주를 들이켰다.

최민석이랑 황정만은 말할 것도 없고, 다들 술 하나는 어디가서 지지 않는다는 주당들이었다. 박수연의 주량은 알지 못했으나…….

'지원 누나랑 같이 마실 정도면…….'

절대 약하지 않을 것 같았다.

소주를 컵째 마시고도 낯빛하나 변하지 않는 걸 보면 거의 99% 확실했다. 잘 익은 고기를 한 점 집어 먹은 지영이 물었다.

"무슨 작품 들어가세요?"

대답은 최민석에게서 나왔다.

"'신세계'."

"…아……."

잠시 침묵 뒤에 지영은 탄성을 흘렸다.

대한민국 영화계에서 몇 안 되는 대작이다.

게다가 후속편을 두 편이나 내놓아서 총 누적관객 이천만을 동원한 작품이었다.

이천만이면 얼마 안 될 것 같지만, 청불이 붙은 작품이라면 또 말이 달라진다.

지영이 '리틀 사이코패스'로 유례없는 스코어를 기록하긴 했지만 청불 딱지 붙이고 오백만만 넘어도 무조건 대박 작품이다.

'신세계'는 그런 작품 중, 거의 원탑으로 평가받고 있었다.

전형적인 조폭느와르 물로 이 정도 인기를 얻기란 절대로 쉽지 않았다.

"그런데 그거, 삼 편으로 완결나지 않았어요?"

"외전이라고 보면 될 거다."

"아… 외전."

기사를 자주 확인하는 지영이지만 '신세계' 외전에 대한 기사는 한 번도 본적이 없었다. 그러다 황정만이 극비라고 한 말이 떠올랐다.

"근데 벌써 배우진까지 전부 섭외가 끝난 거예요?"

"그렇지. 넌 생각 없냐? 마침 괜찮은 캐릭터 하나 있는데."

"하하."

그 말에 지영은 웃었다.

역시였다.

최민석이 작품을 들어갈 땐 보통 자기가 직접 뛰어 배우들을 섭외한다고 하더니, 이번에도 그랬다. 아니, 그 이전에 왕야숙도 최민석이 직접 지영을 찾아왔고, 둘이 작품을 함께하게 됐다.

지영이 어색하게 웃자 지리에 있던 이들이 전부 지영을 바라봤다.

"혹시, 이 자리 저 때문에? 는 아닐 거고……. 애초에 그 배역 저한테 맞춰진 건가요?"

작품은 좋다.

'신세계' 외전이면, 대본을 봐야 알겠지만 일단 작품이 가진 이름만으로도 끌리긴 했다. 하지만 공과 사는 확실히 하는 지영이다.

"훈석이가 널 생각하고 만들었다더라."

"훈석? 아, 박훈석 감독님."

'신세계'를 만든 장본인이었다.

대한민국은 물론, 이제는 세계에서 노는 거장이었다.

지영은 애초에 그 배역이 자신에 맞춰져 있다는 사실이 조금은 난감했다.

일단 대본을 보고 싶은데… 대답을 바라는 눈이 너무나 많았다.

"아… 선배님. 이거 반칙이에요. 이러면 제가 거절도 못 하고……. 대본도 안 주시고."

"그 점은 미안하다. 근데, 이렇게 해서라도 그 역은 꼭 니가 해줬으면 해서 그런다."

"후… 어떤 역인데요?"

일단은 알고 싶었다.

그러자 어째서인지, 다들 씩 웃었다.

그 웃음은 정말 의미심장해서 지영은 고개를 갸웃했다. 그래서 최민석을 봤더니 그도 웃고 있었다.

이후, 그의 입이 천천히 열렸고, 대답을 들은 지영은 그냥… 피식 웃었다.

"왜, 싫으냐?"

지영이 웃자 더욱 진한 미소를 그리며 툭 던진 최민석의 말에 다들 큭큭거렸다.

그들은 거의 결론을 내리고 있었다.

지영이 이 배역을 거절하지 않으리라는 것을 말이다. 물론, 선배의 힘을 이용해 지영을 압박하는 게 아니었다.

최민석이 말한 배역에 대한 설명을 듣고, 지영이 충분히 흥미를 느끼리라 생각한 것이다.

"구미가 당기는 역할이긴 하네요."

그리고 아니나 다를까, 지영은 긍정적인 대답을 내놓았다. 지영은 잠깐 생각해 봤다.

'천하의 개쓰레기라……'

여태 확실히 받아본 적이 없는 배역이었다.

지금까지 받아봤던 배역은 선, 혹은 중립뿐이었다. 설정만으로도 오만가지 쌍욕을 먹을 수 있는 배역은 맡아본 적이 없었다.

그건 강지영이란 이름이 가진 무게 때문이었다.

"그치? 확 땡기지 않으냐."

황정만의 말에 지영은 고개를 끄덕였다.

확실히 그랬다.

지영이 여태 맡았던 역할에서는 볼 수 없는 설정이었다.

쓰레기.

보통 인간 구실을 못 하고, 사고만 치며 주변에 피해를 끼치는 인간을 지칭할 때 쓰는 단어였다.

그런데 그 앞에 '개'라는 단어까지 붙었다. 그건 곧 진짜 악질이란 소리였다.

그 어떤 연기를 펼쳐도, 절대로 관객들에게 박수를, 칭찬을 받을 수 없는 인물이란 소리기도 했다. 지영은 이런 역을 아예 안 해본 건 아니었다.

'리틀 사이코패스'의 제이도 한 과학자의 욕망에서 태어난 희생자이지만, 악역은 악역이었다.

태석도 마찬가지였다.

모호하고, 비뚤어진 복수심으로 아무런 죄 없는 이들에게 피해를 끼친다. 그런 태석의 흔들리는 마음은 관객에게 불편함을 선사했다.

연기라도 못했으면 그냥 넘어가겠지만, 지영의 연기가 워낙에 강렬해 엔딩을 본 이들은 깊은 한숨을 절로 내뱉었을 정도였다.

그러니, 엄밀히 말해 악역을 안 해본 건 아니었다.

하지만 최민석은 말했다.

개 쓰레기.

답이 없는, 인상을 찌푸리다 못해 쌍욕을 날릴 캐릭터인 것이다.

지영은 배역에 한계를 두지 않았다. 그래서 해보지 않았던 역할을 제안받는 것은 당연히 환영한다.

그것도 이렇게 대배우들과 함께하고, 감독도 거장이고, 시나리오도 탄탄하다면 마다할 일이 아니었다. 하지만… 그래도 걸리는 게 하나 있었다.

"할 거냐?"

최민석의 물음에 지영은 후우… 한숨을 내쉬었다.

"이거 찍게 되면 시기는 언제쯤이에요?"

"겨울? 그쯤 될 거다."

"아……."

"왜, 너 '솔' 끝나고 다른 작품 바로 들어가냐?"

"아니요, 그건 아닌데요."

'솔'이 끝나면 지영은, 은재와 결혼식을 올릴 예정이었다.

아직 그 사실을 아는 사람들은 은재의 가족, 지영의 가족을 빼면 아무도 없었다.

심지어 송지원과 임수민도 아직 모르는 사실이었다.

그러니 고민이 됐다.

'여기 있는 사람들한테 말한다고 해도 어디 가서 떠벌리고 다닐 사람들은 아니긴 하지만⋯⋯.'

사람일은 모르는 것이다.

안 그래도 아직 지영이나 은재나 화제의 중심에 있는 마당인데 둘이 겨울에 결혼을 한다는 소식이 풀리면?

어후⋯⋯.

생각만 해도 깜깜했다.

"뭔디 그리 뜸들이냐. 니 우덜 놀리는 거냐?"

황정만의 말에 지영은 결정을 내렸다. 어차피 자신도 하고 싶은 역할이다. 그러니 확답을 주려면, 이 사실을 알릴 필요가 있었다.

"제가 겨울에 좀 바쁠 예정이거든요."

"겨울에? 와? 작품 안 들간다며."

"네, 근데 저 겨울에 결혼하려고요."

"⋯ 뭐?"

뭐를 혀?

"겨로온?"

황정만이 멍하니 중얼거린 말에 지영은 쑥스럽고, 난감한 웃음을 지었다.

다른 사람들도 마찬가지였다. 눈을 멀뚱멀뚱 뜨고 지영을 보고 있었다.

놀라운 말이었다.

지영이 나이 이제 스물 초반이다. 스물둘밖에 안 됐으니까 정말 어린 편이다. 그런데 결혼?

어지간한 일로는 놀라지도 않는 최민석마저 입을 벌렸을 정도였다.

"결혼이라고 했냐?"

"네, 선배님."

"당연히 은재 양이랑 할 거고……. 이미 결정된 거냐?"

"네, 이미 양가 상견례도 했어요."

"허, 허허……."

최민석은 지영의 대답에 너털웃음을 터뜨렸다. 그 웃음은 어이가 없거나, 그런 웃음은 아니었다. 오히려 기꺼운 웃음이었다.

"와… 나 이렇게 일찍 결혼하는 배우는 처음 보는데요? 그것도 세계적인 스타 배우가……."

박수연도 놀랍다는 듯이 지영을 보며 중얼거렸다. 류승연, 조성우도 매순도 놀란 눈으로 지영을 봤다.

"너무 그렇게 쳐다보시면 제가 매우 민망한데요?"

"이야, 이야 이 짜아식!"

짝! 짝짝!

황정만에 한걸음에 지영의 옆으로 와서 어깨를 찰싹찰싹 내려쳤다.

"축하한다! 이야! 임마 축하혀! 으하하!"

"아, 아, 아파요!"

"짜샤! 이럴 땐 아파도 되는 겨! 으하하!"

마치 자기 일처럼 좋아하는 황정만 때문에 지영은 어깨가 따가웠지만 그냥 피하지 않고 맞았다.

류승연과 조성우도 이제는 씩 웃고 있었다. 매순도 마찬가지였다. 결혼, 축복할 일이 확실했다.

특히, 이들도 알고는 있다.

지영이나 은재나, 어떤 삶을 살았는지 말이다.

둘 다 매우 힘든 삶을 살았다. 그러니 이제는 충분히 행복해질 자격이 있었다.

"축하드려요, 선배님!"

매순이 활짝 웃으며 축하를 해줬고, 지영은 가볍게 고개를 끄덕이며 대답했다.

"고마워요."

"날은 잡았냐?"

대답하기 무섭게 최민석의 질문이 날아들었고, 지영은 고개를 저었다.

"아니요. 아직 날은 안 잡았고요. 십이월 중에 하기로 결정만 내렸어요."

"십이월이라… 겨울 신부와 신랑이구나."

"네, 저희들 차가운 바람이 부는 날에 만났거든요."

"허허, 축하한다. 이제는 너도 여유가 좀 생기겠구나."

"네?"

여유?

최민석의 말에 지영은 고개를 갸웃했다.

그러자 최민석이 씩 웃으며 지영의 반문에 대답했다.

"널 보면 어딘가 항상 날이 서 있는 무사를 보는 느낌이었다."

"제가요?"

"그래. 왕야 숙 때도 그랬어. 숙 캐릭터 자체가 무사에 가까우니 처음엔 그럴 수도 있겠다고 생각했는데, 나중에 보니까 아니더라. 나중에 한번 제대로 뜯어봐봐라."

"……."

처음 듣는 말이었지만 지영은 일단 고개를 끄덕였다. 최민석의 말이 어쩌면 그럴 수도 있겠다는 생각이 들었기 때문이었다.

"그리고 십이월이면 촬영 일정이랑 그리 안 겹칠 거다. 그 작품도 일월은 되어야 시작할 것 같으니까."

"아……."

"그러니까 일단 염두에는 두고 있어봐라. 안 되면 내가 스케줄 조정이라도 할라니까."

"네, 알겠습니다."

최민석은 충분히 그럴 만한 힘이 있었다.

촬영 스케줄이야 보통 감독이 짜는 게 맞지만, 최민석 정도 되는 배우면 충분히 의견을 개진할 수 있었다. 그리고 그 의견은 다른 배우들이 낸 의견과는 완전히 다를 만큼 클 것이다. 그게 최민석이라는 배우가 가진 힘이었다.

"자자, 그럼 이 얘기는 그만하고, 먹자. 고기 다 타겠다."

"아따, 그거야 지영이 때문 아닌교? 이놈이 뜬금없이 결혼얘기만 안 꺼냈어도 후다닥 끝내고 먹었을 건디."

또또 사투리가 휙휙 바뀌기 시작한 황정만이었다.

꼴꼴꼴.

지영은 이번엔 황정만이 주는 술을 받았다.

이후는 그냥 무난했다. 영화 얘기, 배우들 얘기, 어떤 작품이 기대되네, 어떤 작품은 별로네 하는 얘기들도 했다. 심지어 다른 배우나 감독의 뒷담화도 했다.

오늘 있었던 일 중 하나가 터져 나가도 기사가 될 만한 얘기들이 거의 주를 이뤘다.

렇게 한참을 웃고 떠들다가, 해가 슬슬 지기 시작하자 지영은 대리를 불러 다시 집으로 돌아왔다. 물론, 돌아오기 전에 박수연에게 송지원에게는 결혼 사실을 알리지 말라고 부탁을 했다.

이 얘기, 직접 전하지 않으면… 후환이 두려워서였다.

*　　　　　*　　　　　*

지영과 이민정 감독의 예상처럼 안혜성과 이혜성은 다음 날 대번에 몸살에 걸렸다.

열이 펄펄 끓는 정도는 아니었지만 애들이 아주 축 늘어져서 도저히 촬영을 할 수 있는 상태가 아니었다. 그렇게 3일이 지나고 나서야 둘은 컨디션을 되찾았고, 4일째가 되어서야 다시 촬영이 재개됐다.

지영은 오늘도 거의 가장 먼저 도착해 메이크업을 받았다. 지영이 메이크업을 받고 대본을 막 펼치는데 두 제자가 들어왔다.

"안녕하세요, 샘!"

"샘, 안녕하세요오."

활기찬 안혜성과 아침에는 비실비실한 이혜성의 인사에 지영은 펼치려던 대본을 내려놓고 손을 흔들었다.

"잘들 쉬었어?"

"넵, 샘!"

"네에. 헤헤."

몸살이 걸려 촬영이 미뤄진 게 미안했는지 둘은 손을 꼬물거리며 대답하곤, 고개를 푹 숙였다.

"시간 있으니까 앉아. 아침은?"

"먹었어요!"

둘의 대답에 지영은 고개를 끄덕였다. 아침을 먹는 것과 안 먹는 것에 대한 차이는 분명히 있었다. 액션 신이 있는 건 아니지만 감정 신이 워낙에 많은 '솔'은 한번 신이 끝날 때마다 엄청난 에너지를 소비했다. 그렇게 계속 신을 소화하면 천하의 지영도 배에서 꼬로록… 밥을 달라고 아우성일 때가 많았다. 그러니 웬만해서는 아침을 먹는 게 좋았다.

"오늘 스케줄은 확인했지?"

"네! 제가 세 신! 이혜가 두 신 있어요! 그리고 샘이 다섯 신!"

이혜는 이름이 같으니 둘이 서로를 부를 때 쓰는 호칭이었다. 이혜! 안혜! 이렇게 말이다.

안혜성의 대답에 지영은 고개를 끄덕였다.

오늘은 두 제자보다 지영의 신이 더 많았다. 지영은 이 세트장에서 둘과 한 신씩 찍고, 실제 병원과 굉장히 흡사하게 만든 세트장에서 다시 평소에 일하는 윤의 모습을 찍는다. 순서는 당연히 제자들이 먼저고, 지영은 나중이었다.

"저번에 했던 감각 안 잊었지?"

"네!"

"네에!"

두 사람의 대답에 지영은 고개를 끄덕이곤 다시 한번 입을 열었다.

"그 감각만 안… 아니다, 이거 참, 잘하고 있으니까 이런 소리는 굳이 할 필요 없겠구나."

제자가 생겨 그런가.

자꾸만 노파심이 생겨 충고를 하게 되는 자신을 발견하곤 지영은 속으로 쓴웃음을 지었다. 하지만 제자들은 고개를 도리도리 저었다.

"아니에요! 저희 괜찮아요!"

"네에, 저도요. 더 엄하게 가르쳐 주세요."

"괜히 그럴 필요는 없어. 너희는 감을 잃었을 때만 딱 지적해주는 게 좋아. 당분간은 그렇게 갈 거야."

"히잉."

"힝……."

지영의 대답에 안혜성과 이혜성은 풀이 죽은 모습으로 고개를 숙였다. 조금이라도 더 배우려고 하는 의지가 느껴져서 지영은 기꺼웠지만 내색은 하지 않았다.

"그럼 둘 다 준비해."

"네!"

"네에!"

지영의 말에 자리에서 일어난 둘은 거울 앞으로 쪼르르 달려갔다. 그러자 기다리고 있던 이성은이 한 명씩 메이크업을 시작했다. 아직은 미세하게 다른 둘이지만, 이제 둘은 메이크업이 끝나면 일란성 쌍둥이처럼 완전히 똑같아질 것이다. 그런 둘을 지켜보던 지영은 밖으로 나왔다.

분주하게 돌아가는 세트장은 지영에겐 익숙했다.

한참 일찍 나와 땀을 흘리며 세트 준비를 돕는 이민정 감독을 보며 지영은 참 대단하단 생각이 들었다. 슬쩍 다가간 지영은 막 허리를 펴고 땀을 닦는 그녀에게 물었다.

"도와드릴까요?"

"응? 아니, 다 끝나가. 애들은?"

"와서 메이크업받고 있어요."

"그래? 그럼 오늘은 좀 일찍 시작해 볼까?"

"그거야 감독님 마음이죠."

"후후, 그럼 끝나면 바로 준비시켜서 내보내 줘."

"네."

가볍게 대화를 끝내고 저번에 은재가 쉬던 벤치에 앉은 지영은 시간을 확인했다. 이제 막 아침 8시가 됐다. 9시부터 시작하려고 했지만, 뭐든 여유 있게 시작하면 좋은 법이다. 시간을 확인한 지영이 폰을 다시 주머니에 넣으려는데, 지잉, 지잉, 하고 진동이 울렸다. 다시 꺼내 확인해 보니 김지혜에게 메시지가 와 있었다.

'이 시간에?'

고개를 갸웃한 지영은 메시지를 열었다.

그리곤 바로, 눈을 가늘게 좁혔다.

[긴급]

[블로그 확인]

메시지를 확인한 지영의 눈빛이 착, 가라앉아 갔다.

『천 번의 환생 끝에』 14권에 계속…